科幻文学群星榜

华语实力科幻作品
群星奖大满贯

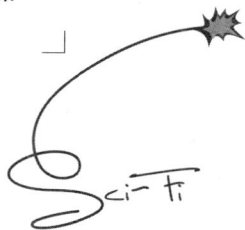

Sci-Fi

讲故事的机器人

飞氘——著

山东教育出版社

图书在版编目（CIP）数据

讲故事的机器人 / 飞氘著 . — 济南：山东教育出
版社 , 2021.7（2021.7 重印）

（科幻文学群星榜）

ISBN 978-7-5701-0572-4

Ⅰ . ①讲… Ⅱ . ①飞… Ⅲ . ①幻想小说－中国－当代
Ⅳ . ① I247.5

中国版本图书馆 CIP 数据核字（2021）第 080910 号

JIANG GUSHI DE JIQIREN

讲故事的机器人　　　　飞　氘　著

主管单位：山东出版传媒股份有限公司
出版发行：山东教育出版社
　　　　　地址：济南市市中区二环南路 2066 号 4 区 1 号　邮编：250003
　　　　　电话：（0531）82092600　　　　网址：www.sjs.com.cn
印　　刷：三河市冠宏印刷装订有限公司
版　　次：2021 年 7 月第 1 版
印　　次：2021 年 7 月第 2 次印刷
开　　本：880 mm×1300 mm　1/32
印　　张：7
印　　数：10001－13000
字　　数：162 千
定　　价：25.80 元

想象新时代

　　《科幻文学群星榜》是由中国科普作家协会科幻专业委员会联合其他科幻组织，共同推出的一套科幻书系。这是一个规模庞大的工程，目前来看也是独一无二的工程，基本囊括了中华人民共和国成立以来老中青几代具有代表性的科幻作家的佳作。这些作家以年龄看，最早的是20世纪20年代出生的，最晚的是"90后"。

　　这套书系的出版，恰逢中华民族实现第一个百年目标——全面建成小康社会。因此，它呈现了百年未有之变局中，中国人对一个崭新时代的想象。随后陆续推出的作品，还将伴随中国迈进基本实现现代化的伟大进程。

　　科幻文学作为一种年轻的文学品类，本身就是现代化的产物。1818年，世界上第一部科幻小说《弗兰肯斯坦》诞生在第一个实现产业革命的国家——英国。此后科幻文学在法国、美国、日本等工业化国家繁荣起来，进入蓬勃发展的黄金时代。科幻作品反映着科技时代人类社会的变迁和走向，反思当代人类面临的多重困境，力图打破所谓世界末日的预言，最终描绘出一个五彩斑斓、生机勃勃的新未来。

　　如今，地球上正在发生的最具"科幻色彩"的事件之一，便是中国的崛起。这个进程不仅改变了这个文明古国的命运，也影响着全人类的走向。中国奇迹般地成了拉动世界经济增长的有力引擎。人类历史上首次十亿以上人口的国家将要集体迈入现代化的门槛。中国科幻文学正是中华民族伟大复兴进程的见证者、参与者与推动者。

早在20世纪初，中国的一些有识之士便把科幻作品译介进来，掀起了第一次科幻热潮。它承载起"导中国人群以行进""改变中国人的梦"的使命。20世纪50-60年代，随着中国自己的工业和科技体系的建立，科幻作家们以满腔热情擘画了一个欣欣向荣的新世界。1978年改革开放后，中国再次向现代化进军，科幻迎来新的勃兴。作家们满怀豪情地书写科学技术为实现现代化、为谋求人民的幸福生活所创造出的神奇美景。进入21世纪，尤其是随着新时代的来临，这个文学门类也进入成长的新阶段。随着《三体》等作品的问世，中国科幻迎来了新一轮热潮。作家们描绘着古老的中华民族在实现全面小康和建成现代化强国的过程中所面临的新机遇、新挑战，谱写着中国走向世界、步入太阳系舞台中央并参与宇宙演化的新篇章。

科幻文学的发展折射着中国国运的巨大变迁。当今，海内外不同领域的人们对中国的科幻文学的空前关注，实际上是关注中国的未来，关注世界第二大经济体将如何持续演进，关注14亿人的创造力将怎样影响乃至重塑这个星球。从现实意义上来说，这套书系不但包含这些丰厚的信息，而且集中梳理了新中国科幻文学取得的辉煌成就，整理出新中国科幻文学发展的宽阔脉络；从一个特殊的侧面，还反映了中华民族从站起来、富起来到强起来的进程，见证中国走向更加灿烂辉煌的未来。

这套书系具有以下三个特点：

一是权威性。它由中国科普作家协会科幻专业委员会主持编选，并与国内多个科幻组织合作，其中包括得到了中国科普作家协会科学文艺专业委员会、科幻世界杂志社、南方科技大学科学与人类想象力研究中心、未来事务管理局、八光分文化、重庆钓鱼城科幻中心等的鼎力相助。编者从中华人民共和国成立以来的海量科幻文学作品中，精选出足以体现时代特征的作品。收入书系的作者，涵盖了雨果奖、银河奖、星云奖、晨星奖、光年奖、未来科幻大师奖、引力奖、水滴奖、冷湖奖、原石奖、坐标奖、星空奖等中外各类科幻大奖的获得者。

二是系统性。它收集了中华人民共和国成立以来不同时期作家的代表作。作者中有新中国科幻奠基者和老一代作家如郑文光、童恩正、萧建亨、刘兴诗、潘家铮、金涛、程嘉梓、张静等，也有改革开放后崛起的新生代作家刘慈欣、王晋康、何夕、韩松、星河、杨鹏、杨平、刘维佳、赵海虹、凌晨、潘海天、万象峰年等，以及以"80后"为主体的更新代作家陈楸帆、飞氘、江波、迟卉、宝树、张冉、程婧波、罗隆翔、七月、长铗、梁清散、拉拉、陈茜等，还有在21世纪崛起的全新代作家杨晚晴、刘洋、双翅目、石黑曜、王诺诺、孙望路、滕野、阿缺、顾适等，从而构成比较完整而连续的新中国科幻光谱，是对中国科幻文学发展历史的一次系统检阅。

三是丰富性。它比较全面地展现了广域时空中新中国的科幻生态和创作风格。这里面既有科普型的，也有偏重文学意象的；既有以自然科学为主体的核心科幻，也有侧重社会现象的"软"科幻；既有代表科幻未来主义的，也有反映科幻现实主义的；既有传统风格的写法，也有实验性质的探索。作品的主题涵盖了中国科技、社会、文化和民生的热点。从中可以看到，一个曾经积弱的民族，如今正活跃在地球内外、大洋上下、宇宙太空、虚拟世界、纳米单元、时间航线、大脑意识等各个空间。这里有中国政府和人民引领抗击全球灾难的描述，有脱贫的中国农民以新姿态迈出太阳系的故事，也有星际飞船和机器人在银河系中奏唱国际歌的传奇。

这套书系力求构建起一个灿烂的星空，并以此映射人们敏感而多样的心灵。爱因斯坦说，想象力比知识更重要。科幻是相伴人类发展进步而产生的新兴事物，是一个民族想象力的集中反映，是科技创新的艺术表达，在人们面前呈现出一幅幅奔向明天、憧憬和创建未来的美好画卷。许许多多杰出的科学家、工程师和企业家，在年轻时就受到科幻文学的熏陶和影响，因此走上了创造神奇新世界的道路。中国正在稳步建设创新型国家，需要更多富有创造力的人才脱颖而出。科幻文学也肩负着实现中国梦的责任，在点燃青少年科学梦想、激发民族想象力和创造力方面，起着不可或缺的作用。

这套书系将为广大读者尤其是年轻人打开中国科幻和未来世界的门户，有助于人们拓宽视野、开阔思想、激发灵感、探索未知、明达见识。它也将进一步促进中外科幻、科技、文化和文明的交流，为人类的共同发展做出中国的一份独特贡献。

中国科普作家协会科幻专业委员会

2020年10月1日

科幻给了我什么

——写在《科幻世界》三十周年

飞氘

十二年后，我依然记得在邮局中初次见到《科幻世界》的那个萧瑟的黄昏。那时我只是个初中生。我之前看过一些科幻，但从来不知道有这种专门刊载科幻的杂志，从那以后，它伴随我度过了整个青春时期。

为了迎接香港的回归，在很长一段时间里，我们每天在操场上排练舞蹈。我至今仍无法知道，那场面从领导席的位置上看究竟是怎样的效果，回想起来，颇有点"满城尽带黄金甲"或者《三体》中人列计算机的味道。除了这些诡异而有趣的事情，记忆中的中学时代似乎就只有无穷无尽的学习、学习、学习。我在闭塞的矿山里，不停地解开一道道的难题，日复一日地成长，心中充满了力量和恐慌。在那些紧张而神经质的日子里，人人都需要一些调剂、刺激、逃避——有人在游戏厅里逍遥度日，有人在马路边上寻找做古惑仔的感觉，而我则喜欢在卫生间昏暗的灯光下，坐在马桶上享受看科幻的乐趣。没有人来打扰我，狭窄的空间让我觉得安全而温暖，那里好像一个时空驿站，带领我在波澜壮阔的世界中穿梭，为"生死平衡"而着迷，为熊熊的"地火"而激动不已，为"流浪地球"而心潮澎湃。于是，等我走出卫生间，我又有勇气去面对这个虚幻而又厚重、野蛮而又柔和、悲伤而又甜蜜的世界。我知道，生活是一场风暴，自己只是一粒小小的尘埃，但我心中装着整个宇宙。

北约袭击南联盟、中国驻南联盟大使馆被炸、50周年国庆大阅兵、千年虫的恐慌、澳门的回归……1999年的电视新闻中弥漫着世纪末的焦虑、不安和狂欢。在这样的喧嚣中，高考把科幻"燎了原"，而后我上了高中，变成一架精良而纯粹的解题机器。不管外面怎样沸腾，我只是做满一张张的卷子，偶尔在课堂上偷偷摸摸地看看课外书。因为偷偷摸摸，才更刺激、有趣。把课外读物放在桌子上，用几何光学的方法粗略计算一下要使老师看不见它，需要垒起多高的书墙，然后用书本构筑一个纸质防御工事，给自己营造一种虚假的安全感。再用手遮挡着，一边用耳朵警惕地聆听着周围的动静，一边逐行扫描着杂志，在年轻的大脑皮层里激活出一个又一个新鲜而生猛的世界，安慰我紧张的神经。如今，我对那些被我冒犯的老师抱有歉意，却依旧怀恋那样紧张而过瘾的体验。

2002年，我来到北京。在大学的图书馆，我找到了那些长久以来我渴望而不得的图书，也就远离了订阅杂志的时代，和科幻，竟也慢慢疏远了。这个灰蒙蒙的世界，有无数的繁华和迷离。在那些充满噪音的夜晚，在诡异妖艳的夜空下，我血脉偾张、跃跃欲试，对未来充满期待和幻想。于是，我好像一颗永远不肯老实下来的自由电子，在教室之间不停地跃迁，寻找着最安静的那一间，然后在靠窗的地方坐下来，铺开一沓稿纸，让一个个延绵曲折的句子在钢笔尖下流淌出来。我快乐地编织着自己的梦，然后把它们叠好装进信封，寄到天南海北，等待有一天，它们在世人面前创造辉煌。然而，播下去的种子总是不发芽，证明自己价值的渴望一再受挫，整天活在强烈的焦虑之中，我时而因伯乐不常有而愤愤不平，时而怀疑自己做错了梦而心灰意冷。

这时，"非典"疫情来了，世界忽然失真，被封闭在校园里的我，竟无法分清现实和科幻之间的界限。之前要举办的游戏文学征文大赛，自然搁浅。为了不浪费那篇随手而成的参赛作品，我顺手将它寄给了《科幻世界》，然后，继续在那个令人胆寒而又明媚的夏天做着美梦。直到圣诞节，一张汇款单飞来，我才惊愕地发现，那篇《皮鞋里的狙击手》竟然发表了，我欣喜若狂。那一年，我二十岁。

我以为这只是个意外，它并不能说明我有能力去写科幻小说，那是一种太过复杂的事物，我对它没有太多奢望。一直到很久以后写出了第二篇科幻小说并顺利发表，我才终于意识到，我可以用科幻的方式，为我的梦想开辟另一种可能。

从那时起，我和科幻重新建立起了联系，一种更为密切的联系。我成了一个活跃的科幻作者，那些疯狂而好玩的点子一个接一个地浮出水面，我找到了自信，也认识了新的朋友。平安夜，我怯生生地坐在一群彪悍的男女中间，看着他们大口吃肉、大声嬉笑，发现这群"太空疯人院"的家伙，和在论坛上的他们一样生猛热辣。这些高矮胖瘦的陌生人来自五花八门的世界，其中一些人，我甚至只知道他们的ID。坐在他们中间，我无法证实自己是否活在一个赛博空间，周围都是些深藏不露的高手，我只知道此时我的心很平安。

2006年，美国入侵伊拉克、法国青年的大规模示威、齐达内用一记惊人的"头球"谢幕世界杯、中国人彻底破解了庞加莱猜想，而我又一次面临人生的重要抉择。对校园和读书生活的留恋，让我决定考研，并且换一个专业，于是科幻又一次给了我灵感。我的学校恰好有全国高校唯一一个科幻文学研究生专业，我不认为这是什么命运的安排，但毫无疑问是我的最优选择。首战失利之后，因为《科幻世界》的笔会，从来没有去过北京以南的地方的我，坐上火车，穿越大片的山川湖海，来到天府之国，和《生死平衡》《地火》等等的作者们一起，在南国的雪山脚下、青山碧水之间，侃侃而谈。我心里生出一种"天下风云出我辈"的豪情，虽然这豪情如一场酣畅的暴雨，在几天后和高原反应带来的头疼一起消散，却足够灌溉我的梦想，让它在一年中剩下的日子里茁壮成长。

2007年，亚洲人出任联合国秘书长、"月亮女神"升空、"嫦娥一号"卫星奔月、一个写了很多科幻小说的女作家获得了诺贝尔文学奖，我也终于再战成功，在本命年成了一名文学硕士。吴岩老师的笑容是那么和蔼、那么年轻，我常常好奇，科幻是否有什么魔力，能让人几十年如一日地为之倾心？做一个那样的理想主义者，执着地坚守着，虽然有点孤独，但一定很幸福吧！2007年夏天的成都科幻大会，用人山人海的盛况回答了这些问题。大名鼎鼎的中外科幻作家，目光纯真而火热的年轻读者，这些来自不同行业却热爱着同一样东西的人们聚集一处，具象地阐释着"同一个梦想"。或许是因为宇宙太冰冷、人生太卑微吧，所以每隔一段时间，我们就需要以科幻的名义聚集在一起，吃肉喝酒，散发热量。我们的欢喜与忧愁，可能都只是一个超级观察者引发的一场坍塌，不过我们也在努力地观察着宇宙，感受着对抗熵增的乐趣。

又是因为一篇随手而成的短篇，我写起了奇幻小说。我很庆幸自己遇到了几位很好的编辑，他们不但把我从混沌的人海中识别出来，给了我一个"写科幻的"身份，而且宽容地允许我把那些尘封的旧梦用奇幻的方式重新演绎，又冒着被读者责骂的危险将它们在《奇幻世界》上刊登出来。所幸，我在窗边的课桌上写下的那一行行句子终于开始闪烁，获得了不少朋友的认可。我明白，世上有很多人，他们有着和我一样的困惑、烦恼、不安和梦想，一样的曾经年少轻狂，我并不孤独。

　　从读者到作者再到研究者，从非幻到科幻再到奇幻，从热血迷茫到挣扎彷徨再到从容前进，从播种到发芽再到等待开花，蓦然回首，我已经与科幻相伴十几年。过去的岁月里，科幻给了我很多，我也努力地去写更好的小说，与更多的朋友去分享其中的乐趣。

　　如今，科幻将近两百岁了，中国科幻一百多岁了，而《科幻世界》也到了而立之年。在这些漫长的年代里，科幻改变了多少人的生活，难以说清。如今，中国在大地震后举办了奥运会，在三聚氰胺奶粉事件爆发之后于太空漫步，美国触发全球经济危机后选举出了第一个黑人总统，禽流感的阴影还没散去而全球A型流感的浓云又弥漫开来，世界依旧多灾多难但也依旧不乏希望。科幻，还将为我带来什么，还将怎样继续改变这个世界，都无从知晓。我愿意相信，未来取决于我们今日的努力，而科幻，就像一扇窗，从群星闪烁的宇宙中，为我们送来阵阵清风。

　　最后，我想到了海子的那句诗：

　　那幸福的闪电告诉我的，我将告诉每一个人。

2009年5月1-2日

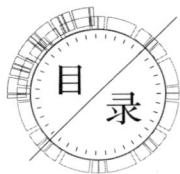

目 录

Catalogue

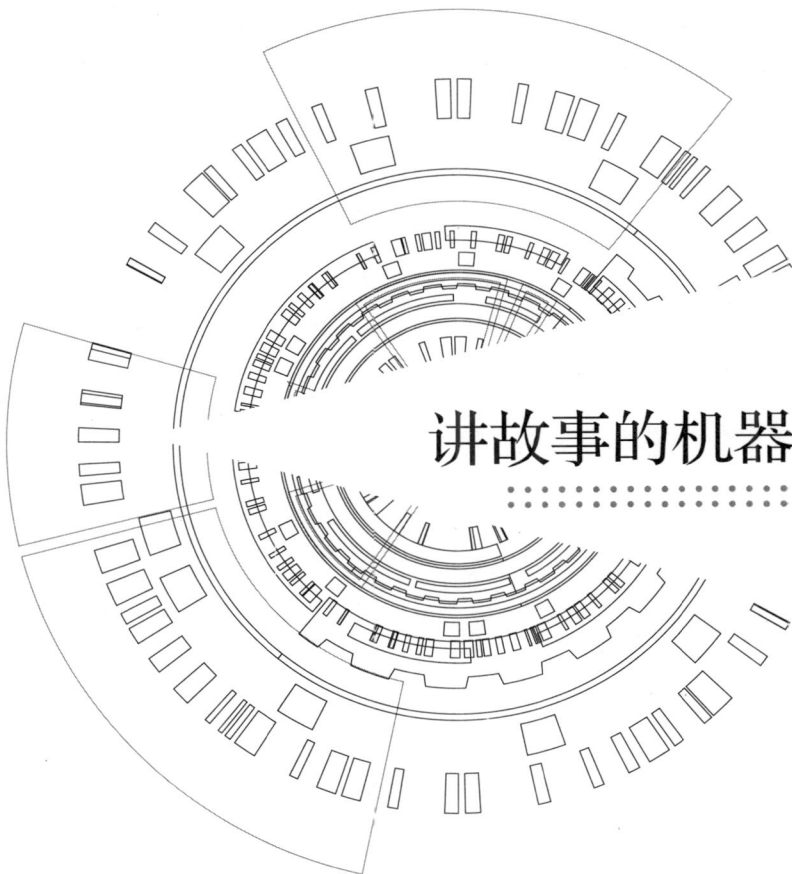

讲故事的机器人

　　从前，有一位国王，不爱江山和美人，只喜欢听故事。皇宫里养了一批讲故事的人。可每个人的故事都是有限的，当某个人讲完了所知道的全部故事后，国王就会把他流放到很远的地方。日子久了，没人敢给国王讲故事了。

　　于是国王召集了天下最聪明的科学家，让他们制造了一个会讲故事的机器人。开始的时候，机器人讲故事很生硬，不过他具有不断学习的能力，可以在科学家的指导下慢慢地自我完善，讲故事的水平越来越高。机器人的脑袋里装下了世界上所有有趣的故事，每天国王处理朝政累了时都会让机器人为他讲一个故事，否则就会感到不舒服。临睡前，国王也要听两三个小小的故事，不然就会失眠。

　　有一天，国王闭着眼躺在舒适的大床上，准备享受一个奇妙的故事。机器人开始了："在一个遥远的小镇上，有一个出了名的盗贼，人送外号克利克……"国王皱起眉，睁开眼睛打断了机器人："这个已经讲过了，换一个吧。"

　　于是机器人又开始了："从前有一个国王，认了一头猪做自己的儿子……"虽然机器人的声音很滑稽，但是国王的眉头又皱了起来，说道："看来我没有说清楚，请讲一个从没有讲过的故事。"他说完又闭上眼，多少有些不快。

　　机器人沉默了。

　　"这么说你也已经没有什么新玩意儿了吗？"国王若有所思，"你能不能给我编一个故事呢？"

　　科学家又忙碌起来，他们把机器人的大脑容量大大地扩充，让他可以进行更复杂的运算，并努力地教他怎么把不存在的事情编造出来。最后机器人终于完成了从陈述到虚构的突破。虽然他编的第一个故事糟糕透顶，但是大伙还是为这个了不起的进步感到喜悦。

机器人的学习能力很强，在科学家的指导下，他把那些精彩的故事全部分析了一遍，然后建立了一个数学模型，就是后来很著名的"故事定律"。但是这个定律的数学形式过于复杂，只有机器人才能求出近似解。按照故事定律，机器人不断练习，终于编出一篇优美的故事，国王听了之后很满意，并且对机器人下了命令："记住，你只能把最优秀的故事讲给我听。"

通常，国王心情好的时候，机器人会声情并茂地讲述一个伤感的故事，好心的国王听了，会哀叹一声，为故事中不幸的人们感到难过，甚至会因此颁发一些临时的法令来减轻人民的负担。国王情绪糟糕的时候，机器人则绘声绘色地讲上一个滑稽的故事，国王听了，笑得眼泪都流出来了，怒气渐渐平息，大臣们也就松了一口气，天下因此太平了许多。

机器人编故事的水平越发高超，已经超过了世界上最优秀的作家。由于数学运算的严谨性，他的故事从来都是只有最简练的形式，没有任何的拖泥带水；而故事定律的复杂性又避免了出现千篇一律的情况，甚至有些故事堪称经典，连国王有时也愿意再听一遍。不过在形式上，机器人似乎坚持着某种可爱的古典主义，他的每一篇故事都以"从前"开头，以"这就是一切了，陛下"结束。因此，每当国王扔下手中的奏折，说"请开始吧"，机器人就会用柔美的声音说"从前"，这时，整个王宫安静下来，每个人都安分地待在自己的位置上，屏住呼吸，直到听到那句"这就是一切了，陛下"，侍者们才长出一口气，谨慎地提醒国王应该休息了。

日复一日，机器人不断生产着新的故事。但国王很聪明，即使那些故事彼此有着巧妙的差别，仍然可以从中隐约感受到某种一成不变的东西。于是有一天，心情很坏的国王命令道："请给我讲述一个天下最奇妙的故事。"

周围顿时安静下来，可这一次，机器人却没有马上开口，而是沉默起来。国王忍耐着，整个王宫开始变得不安，所有的嫔妃和侍者都在祈祷，希望机器人能够顺利地讲出这个举世无双的故事，否则国王就会发怒。终于他们如愿以偿地听到了那句"从前"，所有人才放下心来。

"从前，有一个天才的国王，为了君临天下，用世界上最锋利的材料制造了一群无坚不摧的战士……"故事在慢慢地进行下去，王宫里的人都听得入了迷，国王也暂时忘了一切。故事中战士们历尽艰辛，消灭了一个又一个强敌或怪兽，经历了许多离奇的遭遇，征服了一座又一座城池，终于来到了最后一个国家。那里的国王同样是一位天才，他用天底下最坚硬的材料建立了一道无坚不摧的城墙。"……分胜负的时候到了，两位国王互相点头致意之后，勇敢的战士便举着长枪冲向了那道城墙……"

机器人的声音停住了，正急切地想要听下去的国王顿时回过神来，疑惑却不容置疑地命令："讲下去。"机器人的双眼闪动了一阵，仍然没有开口。国王的口气变得强硬起来："你为什么停下来？"整个王国都在战栗，机器人却平静地回答："陛下，这个故事可以有两种结局，我还没有计算出哪一种才是最好的。"

"难道两个同样精彩吗？"国王很不悦。

"是的，两者与故事定律的真值接近程度完全一致。这样的事还是第一次。"

"那么，把两个都讲出来。"国王命令道。

"不行，陛下，遵照您的指示，我必须把最完美的那个故事找出来讲给您听，这是我的职责。"机器人平静地回答。

"不，我现在重新命令你，赶快把故事讲下去，不管是哪一个结局。"国王的语气变得粗暴起来。

机器人的电子眼黯淡下去了。那晚，王宫里没有响起过"这就是一切了，陛下"，每个人的心都悬了一整夜，而国王也失眠了。

天亮时，科学家终于把机器人修好了，然后小心地向国王建议道："您最好不要再给他相互矛盾的命令了。"

国王面无表情地说："难道没有办法吗？"

"陛下，"一个科学家说，"他虚构故事的能力充分说明了他已经具备了人的思维模式，他的记忆也已经互相交织在一起，如果简单地抹杀以前的命令，恐怕那些故事也会跟着失去了。"

"确实，"另一个科学家补充道，"我们找出了他那部分记忆的所在，并试着用外接的转换装置来还原那个故事，不幸的是只得到了一堆乱码。"

"而且，"第三个科学家说，"他似乎从外界接受了某种坚定的原则，那种原则引起了最强大的电势，虽然我们还不清楚是怎么回事，但您最好还是不要强迫他去违背这些原则。"

"总之，"最后一个科学家恭维道，"在陛下的训练和调教之下，他已经进化到了相当复杂的地步，远超出了我们可以解释的范围。"

"废物。"国王站起身离开了。

国王把那个残缺的故事公布天下，宣称能够讲出精彩结局的人会得到重赏。人们为得到重赏而跃跃欲试，也有许多技艺超群的人前来，讲述了各种各样的结局。国王觉得都很好，但是没有一个可以称得上举世无双，即使有，他也只想知道隐藏在机器人脑袋里的那个结局，因此国王用赏金把所有的人都打发走了。

机器人仍旧尽职地工作，每天都讲述许多精彩的故事作为弥补，国王听了依旧会哀叹或者欢笑，但是这一切似乎都不如从前那么有趣了，因为国王的心中还在惦记着那个没有结局的故事。但机器人还是没有衡量出哪个结局更完美。

日子就那么一天天地过去了，机器人越来越像一个真正的人了。国王随着年纪的增长，脾气也变得不那么暴躁了，有时候甚至会对那个机器人产生一种模糊的感情，促使国王会在心情不好的时候和他聊聊天，两个人彼此都很客气。毕竟在整个王宫里，国王是没有朋友的。

一天黄昏，国王用疲倦的声音问："你还没有想好那个故事该怎么讲下去吗？"

机器人沉默了一阵，然后平静地说："是的，陛下。也许您不相信，我也会感到痛苦。每当我想到自己将要为了故事的一种讲法而不得不舍弃另一种时，我的脑袋就会流过一阵阵混乱的电流。我不知道该把哪一个结局告诉您。我下不了决心。"

"你可算得上是一位艺术家了。"国王微笑地说完，然后就躺在了床上，从此没有再起来过。

国王的病情一天比一天糟，御医开的药并不见效，人们都在窃窃私语。每天晚上，当贴身的侍卫退出寝室后，只剩机器人不知疲倦地守在国王的床榻旁边。黑暗之中，他一边苦苦思索着那个故事的结局，一边等待着国王随时醒过来，请他讲上一个小小的故事。

黎明到来之前，国王忽然睁开了眼，盯着机器人，声音微弱地说："你的那个故事……"

"陛下，我想也许可以有第三种结局……"机器人的声音异常的柔和。可是，国王摇摇头说："不，也许不需要结局。"

国王的遗嘱把所有的事都交代得很清楚，唯独没提到如何处置讲故事的机器人。新的国王勤政爱民，喜欢运动而不是听故事，于是决定：出于对先王的尊敬，任何人都没有权利知道那个故事的结局。所以，讲故事的机器人被洗了脑，然后被丢进皇家博物馆的展览柜里，于是再没人能知道那个故事最后的结局了。

"这就是一切了，陛下。"

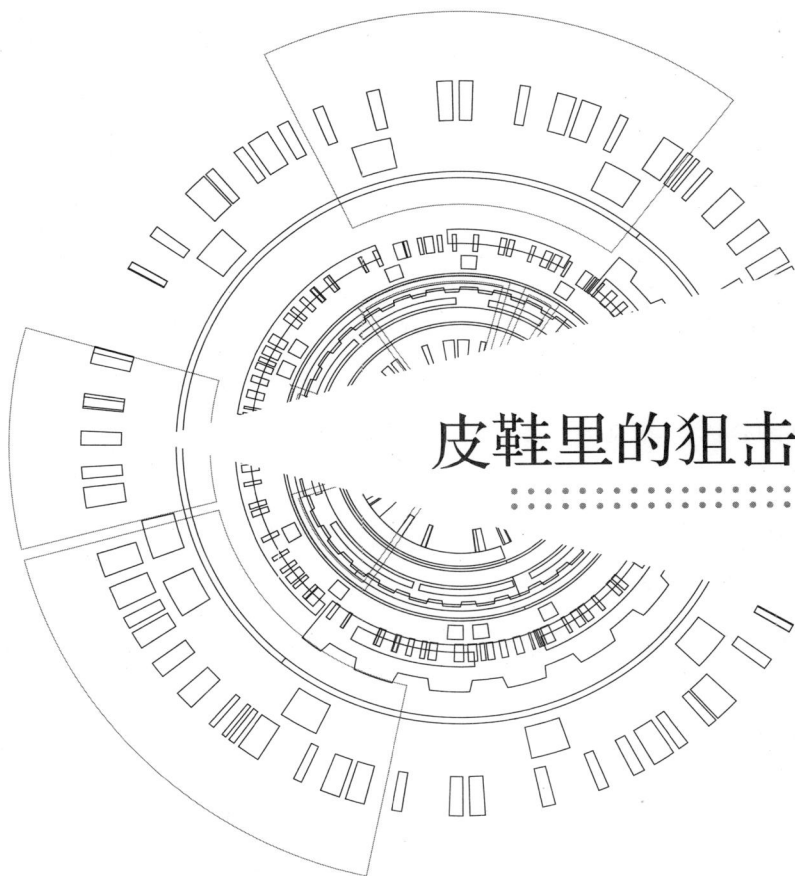

皮鞋里的狙击手

整整一上午，马克都快乐无比地用军刀从那座苹果大山上削苹果吃。看着他毫无忧虑的样子，我气得发疯："马克，你疯了吗？"

马克心满意足地咽下一块香喷喷的苹果，然后掏出一块干净的手帕擦起了他那把锋利的刀子，头也不抬，平静地说："杰克，疯的人是你，这很明显。"

我沮丧地低下头。不错，整个上午我都疯狂地揪着自己的头发，无法接受身高变成5厘米的现实。

早上睁开眼，我差点吓得半死：一座帝国大厦般的冰箱立在我面前，似乎随时可以倒下来把我拍扁。我慌忙站起来，看见马克正躺在一个微波炉的按钮上，两只脚悬在空中。看见我朝他走去，他快乐地向我打招呼："你好，队长。这儿可真不赖。"

"咋回事？"我觉得自己的声音听起来糟透了，也许我的表情看起来更糟。

"问问总部，你才是头儿。"看来他对于来到一个巨人国完全不在乎，这个没心肝的家伙。

"其他人在哪儿？"我渐渐地有了一些现实感，毕竟除了他那种没有根据的乐观态度，马克还是马克。

"在吃菠萝。"

"啥？！"我想不是马克或者什么别的东西发了疯，就一定是我的耳朵发了疯。

"他们在吃菠萝，长官。"马克说着从按钮上跳下来，他还在空中做了个优美的转身动作。职业病！他总是念念不忘入伍前体操健将的身份。"我们在厨房里找到一块新鲜的菠萝，足够我们吃上一个星期了。"

马克走在前面带路，我感到自己的理智正在遭受着折磨，并且快要灭亡了。"马克，你们搜查过这个地方了？"

"是的，长官。我们……"

"别叫我长官，马克，现在不是作战。"

"好的，长官。"

我被他闹得心烦意乱。他怎么能这么从容，难道一切正常吗？难道人类曾经生活在一个巨人王国里，吃着像木筏一样大小的菠萝吗？可我怎么一点都不记得？

"我们已经搜查了厨房，没有发现游击队的踪迹。但对面的鼠洞看起来很危险，我们没有冒险进去。"

我望了一眼鼠洞，不知道和人一样大小的老鼠会是什么样子。

我见到了另外十个人，面对他们的敬礼，我唯一能说的只有两个字："稍息！"

经过思考——假如抱着头一语不发算是一种思考的话——我决定守在原地。既然无法联系总部，只能等待命令，毕竟我还不知道任务是什么。

"别那么紧张，头儿，吃块苹果吧。"马克伸手递过来一块拳头大的苹果。

"马克！"我气恼地喊。

马克耸耸肩、摇摇头，把手收了回去，在地上坐了下来，说道："杰克，你总是为难自己。"

"什么？我为难谁了？"我盯着对面的那个鼠洞，没听清他的话。

"你总是逼迫自己去尽力完成任务，你相信凡事只有符合道理才是正确的。"

"我是队长，必须对每个人负责……"我瞪着马克玩世不恭的脸。

"谁对你负责？"马克扬起脸。

“我会对自己负责的。”我气鼓鼓地把脸扭过去。

马克叹了口气，说道："算了吧，你我都知道，战争已经没有意义了。我们从来就不是为正义而战……"

"闭嘴！我知道我在干什么！"我冲着马克大叫，完全不知道自己在干什么。幸好这时接收器响了："雏鹰，我是海潮，收到请回话，完毕。"一听就知道是劳力那个老混蛋。

"海潮，我是雏鹰，请讲，完毕。"我激动地抓起话筒。马克在一旁嘲笑道："'雏鹰'？这名字真带劲儿！"

"雏鹰，我们的情报人员发现游击队研制了一种新的微型生化武器，有一些小得难以发现的机器人守卫着这些危险的武器。为了确保联军的胜利，我们用一种新发明把你们变得和那些机器人同等大小。你们的任务就是消灭机器人，找出生化武器并把它们带回总部，完毕。"

我呆呆地愣在那里，马克吹了一声口哨。

"雏鹰，明白了吗？完毕。"老混蛋有点不耐烦了，他总是不耐烦。

"明白……不……我不明白。你是说你把我们变成了一群该死的……"我望了一眼对面的鼠洞，"一群该死的老鼠吗？"

"少校，我不喜欢你说话的口气。"劳力的声音像金属一样冰冷。

"我再重复一次，带回生化武器。从现在开始，72小时后我们将派人接你们回来。如果任务失败，我们将不得不炸毁那个地方。完毕。"

然后，劳力的声音像鬼魂一样消失了，只剩下我呆愣在那儿。

"怎么样，头儿？"马克微笑着问我。看他那种无所谓的样子，我真想揍他一顿。

"他不喜欢我的口气，见鬼。"我神经质地点点头，"那么，我们开始干吧。"

马克背上步枪，掏出"沙漠之鹰"，一边快乐地摆弄着，一边说：

"太妙了！他们把这家伙也变小了。我猜这是最精致的武器了。"

"可是，这不符合常识。我们多余的质量哪去了？"我困惑地问马克，因为他自吹对物理学颇有研究。

"管他呢！"马克快乐得要蹦起来了。

"你貌似挺开心啊？"我警觉地问，毕竟一个发疯的队友要比两个敌人危险。

"为什么不开心？这不是挺好的吗？一个苹果可以让一个突击队吃上一个星期，这可真是太棒了！他们应该把所有的人都变小。嘿，我说，如果把我们变成尘土岂不更妙？我们就能飞起来了。当然，现在也不错，只要我躲在一只皮鞋里就不用担心被人发现了，上帝啊……"马克越说越兴奋，还冲我眨眨眼，可是我很心烦，实在懒得理会他。

校准了表后，我们向鼠洞进发。我心中有些害怕，对于马克的枪法我毫不怀疑，但我怀疑他那杆火柴棍般的狙击步枪究竟有多大的威力，这可是枪械史上的一个新品种。

我们绕过瘆人的刀架，尽量远离煤气灶的边缘，紧贴着一根窄木棍行走。下面的一只大碗正在等着我们。我做了个深呼吸，稳住身体，不想摔死在一只碗里，那太丢人了。

通往鼠洞的路修得很简陋，只有一条很窄的直道。我必须对每个人负责，所以不能冒险。我留下一名狙击手，带领其余的人沿梯子下到地面，准备从另一个洞口进去。

从下往上看，鼠洞远比我想象的要高出许多。我发现自己犯了个致命的错误，但为时已晚。

"放下武器！"一伙服装各异的游击队员突然从高处的一根木梁后钻出来。

我们紧张地向上瞄着，心中充满了对死亡的恐惧。

"少校，我们被包围了。"身边的兄弟紧张地说。

我用力持稳枪，急促地呼吸。"马克，你在哪儿？但愿他们没发现你。"我不由自主地嘟囔，以此代替颤抖。

有三个狙击手正瞄着我，我感到自己快窒息了。

忽然空中飞过一个东西，眼前一片白光……

我往前扑倒在地上，耳旁响起了一阵可怕的枪声，有人大喊着从木梁上摔了下来。我的左臂一紧，中弹了！眼前模糊一片，我流着眼泪，爬到一个什么东西的后面，对着一个影子胡乱地扫射……

一切平静下来，我渐渐可以看清东西了。

"马克。"我艰难地喘着气。

没有回应。

"马克，"我焦急地对着话筒呼叫，"你在吗？"

"是的。"马克呼哧呼哧地喘着。

"见鬼，你还活着。"我松了口气，"你扔的闪光弹？"

"是的。"

"你害死了这些家伙。"我看着遍地的死尸，无奈地说。

"至少还救了你。"马克冷冰冰地说。

"只剩下咱俩了？"我伤心地问。

"根据目测，好像是的。"马克竟然还会用这么严谨的语句。

"你在哪儿？"我挣扎着站起身，抬头四下张望，手臂上流着血。

"电饭锅上。"

"什么？"我扭过头，看见锅盖上有一块巨大的抹布，马克就藏在那后面，"下来，马克，我受伤了。"

在鼠洞里，我们没有发现任何化学武器，只有一枚普通的炸弹，上面显示三十分钟后爆炸。

"拆掉它，马克。我的手不灵活了。"我知道马克对于炸弹也很在行，他对什么都很在行。

"不。"马克淡然地说。

"我是不是听错了？"我想我没有听错。

马克面无表情地说："你没有听错，我说'不'。"

"你真疯了？它会把你我都炸死的！"我气得直挥手，忘记了左手的伤。

"我不在乎。"马克真的不在乎。

"你不在乎？你不在乎？"我的眼珠子都快瞪出来了。

"我不在乎。"

"马克，你疯了！听着，我命令你……"我气得直摇头。

"我拒绝服从你的命令，长官。"马克竟然冲我微笑，难道是我疯了不成？

"你还不明白吗？杰克，我们被人利用了，根本就没有什么生化武器，他们只是想实验一下把士兵缩小的新技术。我们是他们毫不在意的实验品，一直都是。这是个可耻的骗局，我们只是悲哀的牺牲品。老子已经受够了，难道你还想拆掉炸弹，让他们把我们带回去做重新放大的实验吗？"

我不知所措。

"如果你喜欢任人摆布，就呼叫总部，让他们派人来救你吧。我绝不会拆这个炸弹的。"马克扔掉手里的步枪，向外走去。

"你去哪儿？"我着急地问。炸弹上显示只有二十分钟了，我不知该怎么办，只能追上马克。

"去电饭锅上面。"马克头也不回。

"为什么？"我想自己准是疯了。

"那儿风景不错。别管我了，救救你自己吧，少校长官。"马克对我的嘲讽令我伤心。

"风景？风景？……海潮，我是雏鹰。见鬼，怎么没人回答！"

马克已经走到电饭锅的下面，开始往上爬。

"马克，你难道……"这时接收器响了，我不等劳力那个混蛋开口就狂怒地大喊："快派人来接我！十五分钟之内！"

"少校，你……"劳力的声音真的很烦。

"听着，炸弹就要爆炸了，混蛋！"我扔下话筒，抬头看见马克不知怎么爬到了锅盖上，正在那儿冲我微笑。我勉强地爬上梯子，一边向电饭锅走去一边咒骂："马克，我不明白那儿有什么意思，你应该考虑军事法庭的那些人……"

"再见。"马克轻轻地说，然后身子一歪，从上面摔了下去……

"中校，恭喜你。"劳力虚伪地把一个勋章戴在我胸前，毫无疑问，他是个地道的混蛋，"另外，你亲眼看到马克从电饭锅上一直摔到地上？"

我目视前方，严肃地说："是的，将军，我看见他从那上面摔下去了。"

"可惜，爆炸后我们找不到他的躯体。可怜的人，竟然……"他摇摇头，然后走了出去。

我坐下来，浑身无力。我至今还在想马克在摔下去之前会想些什么。窗外的落叶正在秋风中伤感地飘落，希望它们能覆盖马克的亡灵。那些枯叶，就像马克的身体，慢慢地……什么？马克？马克……马克！我忽然一阵狂喜，这该死的！你这个体操健将，就像一只从树上落下来的雏鹰一样，小小的尺度，借由空气的阻力，最后达到恒定的速度……混蛋，用这么简单的常识来蒙骗我！见鬼去吧，你能在皮鞋里躲一辈子吗？可是，你是怎么爬上那个电饭锅的？

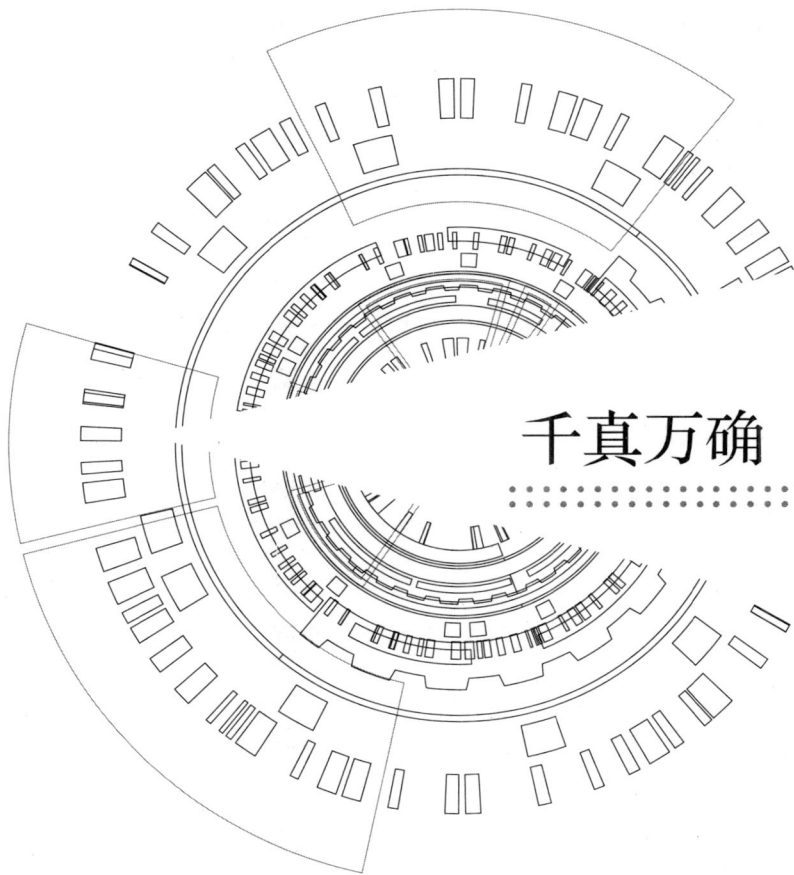

千真万确

"马克，你要是还坚持说这是一个苹果，我准会发疯的。"我举起手里的那个玩意儿，冲着马克，指望着他能说出一句安慰我的话来。

"别这样，杰克，你知道我不想让你伤心。"马克很诚恳地伸出一只手。

"快回答我！这究竟是不是一个苹果？！"我快要受不了这一切了。

"好吧，杰克，给我尝尝再说。"马克很同情地冲我摇摇头，然后接住我扔过去的那个玩意儿，一口咬了下去。

我能听见咀嚼的声音，很清脆，我还能看见马克的喉头在动，千真万确。

"抱歉，杰克，"马克习惯地耸耸肩，"可它真的是个苹果，至少在我这儿是的。"然后他又补了一句，"地道的苹果。"就好像我受的刺激还不够似的。

抱歉，杰克？在他那儿？这可真不赖！

可是见鬼，它在我这儿，真的是个梨。

地道的梨。

"别丧气，这没什么大不了的。"马克过来拍拍我的肩膀。他知道我是个严肃的人，对于任何夸张的行为都受不了，更别说眼前这么荒谬的事儿了，所以他安慰我说："至少我们彼此在对方看来，你还是你，我还是我。"

"咳，这倒是真的！在我眼里，你的确还是马克，而不是衣着体面的总统候选人或者身材火辣的选美女郎。"我怒气冲天，恨不得用什么炸掉我所在的这个鬼星球。

"这就对了，你不缺少幽默感，只是需要运用一下你的想象力，最好再来点儿诗意。"马克心平气和，似乎对现状很满意。

"不，也许你就是……也许你就是一个蹬着皮靴、戴着墨镜的未来战士，手里端着一架能打穿钢板的重型冲锋枪，站在我面前，用枪口对着我，却说什么'这就对了，你不缺少幽默感'，而我却看不见这一切，只是因为……只是因为在我看来，你仍然是那个充满浪漫主义情怀的诗人马克……"

看来我的想象力用得过头了。

马克没有说什么，他知道我需要发泄一下。想想吧，因为飞船失事而被迫降落到一个陌生的星球，大难不死之后必须在毫无希望地等待救援的时间里忍受伤痛、恐慌、寂寞、疯狂的折磨。就在这时候你却发现，在你眼里、手里、嘴里、胃里，无论怎么说都是一个梨的东西，在别人眼里、手里、嘴里、胃里却变成了一个苹果，这谁能受得了呢？

"接受现实吧，杰克。"马克一本正经地说。

"噢，你管这叫现实？这可真讽刺。"

这确实是现实。

一个星期前，马克指着一个梨问我要不要来一个苹果，我以为他在开玩笑，他却说没有，并坚持说那是一个苹果，还说他一岁时就认识了几百种植物。我以为他发了疯，因为虽然我是三岁才知道什么是苹果，可是这并不能说明问题。他当然也以为我脑袋出了问题。后来我们冷静下来，才意识到问题的严重：同一个事物在我们俩这里不光是看起来，而且闻起来、摸起来、吃起来都是不一样的。或者说，一个东西在我俩这里，是两个不同的东西。

"当然，事情也许没有那么糟。"马克还是很冷静的，他试图和我一起讨论现状，"这里面也许有点门道，比如苹果和梨，你知道这两者存在着形态学上的相似性……"

"形态学？真棒！它们都是生在树上的？"我说过人是会发疯的。

"都是蔷薇科的。你知道苹果梨吧？两者嫁接的产物。"马克很有耐心。

"太好了，那么在这个星球上，男人也可以是女人了？"我在大学里选修过逻辑学。

"杰克！"马克的耐心也是有限的。

"好吧。"我承认自己过分了，于是摆了摆手，"接着说。"

"当然那只是多数情况下，也可能某个事物会在我们俩这儿表现出极大的差别，甚至毫无关系。"

"任何事物之间都有关系。"我还研究过哲学。不过我看见马克的脸色不大好，于是赶紧接着说："你说的没错，比如昨天你就递给我一根火柴，问我要不要来根烟。伙计，火柴抽起来什么味儿？"我还是忍不住笑。

"听着，杰克！"马克这下可火了，"也许它在你的世界里是一根火柴或者牙签什么的，这我管不着，可是它在我这里，在我的世界里，的的确确是一根烟。"马克一字一句地说，手指还比画着。

"好的，随便你。"我知道玩笑到此为止了，"可是这是怎么回事？"

"可能是幻觉、幻视、幻听、幻触、幻嗅等等，总之，从头到尾，从里到外全部都是假的。这个星球可能有某种力量，欺骗了你的大脑，使你相信虚假的东西。假象！"

"可这也太真实了。那我们该相信谁？你还是我？那到底是什么东西？"

马克没有说话，只是在沉思。我自顾自地说下去："如果你是对的，那么我就是错的，因此你就可能真的是对的。在假设条件下的结论证明了假设的可能，反过来也一样。这是个自我认同的命题，也就是说，什么也证明不了。真见鬼，我们只有两个人，要是再有个第三者的意见倒是多少有点帮助。眼下怎么办？我们能相信谁的感觉？"我说过我学过哲学的。

"只有相信自己，别无他法。"马克嘟囔着，似乎在想什么。

"不错，当一切都不可信的时候，只能相信自己了。"我摆弄着一个个苹果，"不过，你说，这究竟是什么东西啊？假如我们闭上眼，想象一下，在客观世界里，它总得是个什么东西吧，总不能是两个东西吧？"

"为什么不能！"马克两眼一亮，忽然大叫了一声，"它也许既是苹果又是梨！咳，我想我明白了！你知道，观测者的观测可能影响到被观测对象的表现行为。那为什么一个东西在不同的观测者那里不能是不同的东西？这不是假象，不是的。在任何一个观测者那里，那就是它表现出来的那个东西。噢，上帝啊，这可真是奇妙！"马克滔滔不绝，好像痴人说梦，一脸迷醉。

"等等，我有点糊涂了，你说什么？"我的心怦怦直跳，隐约觉得有不好的事发生了。

"波粒二象性。"马克得意非凡地宣布。

我当时摔了个跟头，爬起来之后，我大声拒绝："不可能。"

马克没有反驳，递过来一根火柴："来根儿烟吗？"

我还想挣扎："那是在微观世界！在宏观世界没有意义！"

马克抽起了那根火柴，我最后坚持了一下："那么事物总得有个本质吧？"

马克不在乎地说："如果非要说出个本质，那么，好吧，一堆粒子。"然后继续抽他的烟，一脸的陶醉。

我认输了，坐在那儿一脸沮丧地说："真希望我的大学物理老师在这儿，他会感激你的。"

"也许会发疯的。"

随后几天，我们一边试图修好飞船的通信系统，一边学着接受这个星球上疯狂的现实。不过一切还算正常，他吃他的苹果，我吃我的梨子，没什么影响。事实上，我们发现事物在我们面前的不同面貌总是多少和我们的意愿、喜好、无意识的感情倾向等有点关系，比如我不喜欢吃苹果，而马克讨厌梨子，他认为梨子代表了一种生硬粗糙的现实，缺少诗意的美感。当然这不能说明什么根本的问题，后来我们一致认为不存在任何确定的法则。值得庆幸的是，我们的飞船仍然还是飞船，不管在谁那儿。不幸的是，我们无法让通信系统和导航系统恢复工作。

"马克，我们得离开这儿，至少有一个人得离开。"有一天我躺在椅子上有气无力地说，"我知道为啥这么适合人类定居的星球却没人来打它的主意了，这个星球只能住一个人。两个人住在这儿会发疯的。"

"为什么？"马克正在吃晚餐，看来他胃口还不错。

"为什么？！"我一下子从椅子上蹦起来，"因为你刚才端着一盘子土豆泥问我要不要来点水果沙拉！快想办法离开这里吧……"

"别这么认真，杰克，乐观点。为什么你总是这么严肃？因为你缺乏激情，别总是想象那些严谨的事物，试着来点诗意怎么样？来，闭上眼，想象这是一盘水果沙拉，有香蕉、葡萄，还有美味的苹果，再睁开眼，一切可能就会改变。"马克像哄孩子似的，可是我却沮丧极了。不过，我还是闭上了眼，试着去想象那些该死的美味，然后睁开眼。

"你看到什么了？"马克两眼闪闪发光。

"一架飞船。"我兴奋地说。马克眼睛瞪得要鼓出来了，我却不理眯，抓着他的肩膀，让他转过身面对着观察窗。一架星际巡逻船停在离我们不远的地方，至少我看到的是这样。

我再回头盯着马克，眼神中充满了质问。

"别这样看我，我看到的也是一架巡逻船。我发誓！"马克正经地说。

我真想和他拥抱。

"我们获救了，伙计。"我激动地说，"终于可以离开这里了，我们的飞船是报销了，我想出于人道主义的考虑，他们应该不会拒绝……"这回是马克在盯着我看了，我忽然醒悟了："老天，在他们看来，我们俩会是什么东西？"

"问得好，不知道。"马克很老实地回答。

飞船的舱门打开了，走出来一个全副武装的星际巡警。我能清楚地看见他腰间的那把微型激光枪，看来他已经发现了我们，正小心地向飞船走过来，这么说只有他一个人。

我终于无法再忍耐了，对马克说："不管怎么说，我们都得试一试。我可不想在这该死的星球上忍受这种疯狂了，我受够了，必须离开这里。"

我不等马克回答，就打开舱门走了出去，同时友好而谨慎地对星际巡警说："你好，朋友，我们……"那家伙开了枪，我眼前一黑，倒了下去。

我醒来时已经躺在星际红十字会的医院里，马克在旁边。看来我的肺受了伤，不过还活着。我问马克那家伙为什么开枪，马克两臂交叉放在胸前，说道："也许在他看来，你是个恐怖分子。"

"不可能，我两手空空，举过头顶。"我咳嗽了几声。

马克嘴里叼着一根烟，不以为然地说："也许他喜欢看Discovery①，也许你在他那里变成了一头非洲雄狮，张着血盆大口，满嘴腥臭，却走过去说'你好，朋友'，换成是我也会开枪的。"

我不顾伤口大笑起来："你这该死的！虽然你是个搏斗高手，但你是怎么应付他手里的那支枪的？"

"枪？你是说别在他腰里的那个玩意儿？"马克笑眯眯地看着我。

"废话！我就是被它打伤的，那可是一把地道的……"我忽然停住了，说不出话来，觉得很气馁，同时有一种愤怒的感情在我体内燃烧，于是我忘了我那可怜的肺咆哮起来，"告诉我，那支让我躺在这里的枪，在你那里，究竟是什么玩意儿？"

马克吐了口烟，说道："算了，杰克。"他一向不想太伤害我。

"快说，你这混蛋！"我又咳嗽了一阵。

"一把小提琴。"马克耸耸肩，然后再也憋不住大笑起来。

"小提琴？你看见他用一把小提琴向我开火，而我差点被一件乐器打死？！该死的，告诉我小提琴里射出来的是什么？别说是一串美丽的音符！"我想我的怒火对我的肺没有好处。

马克叹了口气，说道："你知道医生在你体内没有找到子弹，冷静点，杰克，这没什么丢脸的。"

"快说，什么东西打伤了我？"我伸手抓起桌上的花瓶，准备不顾死活地砸过去。

马克一脸无奈地说："一堆飞舞的雪花。"

我再也忍不住大笑起来，这太有诗意了，我准会笑死的，千真万确。

---

① 探索频道（Discovery Channel），1985年首播，主要播放流行科学、崭新科技和历史考古的纪录片。

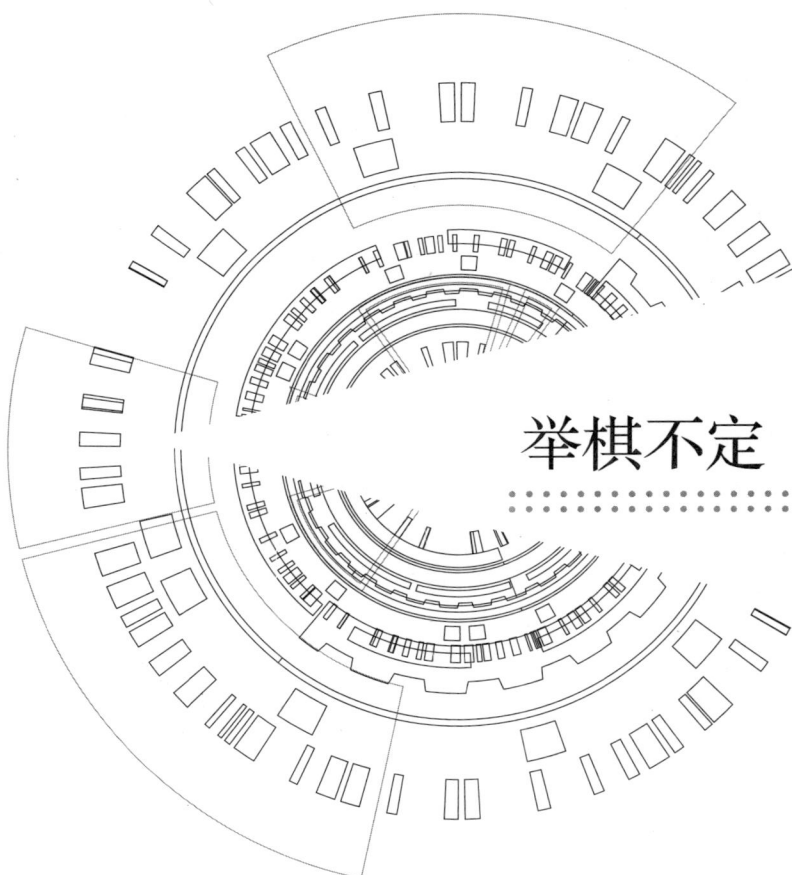

举棋不定

马克坐在总统套间的皮沙发里，一手摇着可口可乐，一手握着遥控器，目不转睛。在他面前，克里姆林宫前面的第七大道异常热闹：两伙敌对的示威者正在大道的两侧，彼此怒目而视；防暴警察被夹在中间，紧张地握着警棍，用蓝色的制服搭建起一道脆弱的堤坝，将两股怒火分隔开来。BNN、亚洲之声、孤岛电视台的新闻直升机在灰白色的天空盘旋，俯拍着这个举世瞩目的现场，不时地给那些写着"尊重事实，放弃偏见！""携手共建理性文明"以及"揭穿谎言，让机器骗子现出原形""TI滚蛋！"的醒目条幅来上几个特写。此时此刻，地面上人头攒动，示威者情绪激昂，各大媒体亢奋不已地进行24小时全天候现场追踪报道。

马克用力吸光了最后一口可乐，一阵冰凉的刺激从咽喉直达肺腑。

人群中忽然涌起一阵骚动，警察们奋力拦住激动的示威者，一辆黑色的司寇飞轿车在人们的热烈欢迎和恨之入骨中，顶着巨大的压力缓慢驶来。所有镜头立刻齐刷刷地转向轿车，用各种角度的特写来带领所有观众身临这一历史性时刻的现场。

尖叫声中（分不清是欢呼还是怒骂），一个穿着黑色西装、中等身材、戴着金丝边框眼镜、表情平和的男子，在十几个戴墨镜的大块头保镖保护下走上了广场中央的演讲台。

"现在，TI先生已经走上演讲台，准备发表他的竞选宣言。此前这位传奇性的人物已经到过世界上21个国家，赢得了千百万中产阶级和贫困人民的支持，同时也遭遇了11次恐怖袭击。令人称奇的是，TI先生不但屡次逃过劫难，而且更加坚定了自己的信念，甚至提出要以无党派公民的身份参加今年年底的总统竞选。此言一出，举世哗然。现在，TI先生即将发表自己的参选演说……"

　　未来取决于我们今日的努力，而科幻，就像一扇窗，从群星闪烁的宇宙中，为我们送来阵阵清风。

飞　氘

马克正看得津津有味，一声悦耳的门铃响起，劳力那个光秃秃的脑袋出现在监控器上。马克皱了皱眉，按下遥控器。房门开启，国务卿先生那张光润、饱满、令人不快的面孔牵引着他硕壮的肉体走了进来，一脸愁苦。

马克冲他点点头，然后继续看新闻。

"五十年前，我出生在HBM公司的装配流水线上，"镜头拉近，给TI先生那张沉着、冷静、没有皱纹的脸一个正面特写，"那时我只不过是一堆钢铁，每一天都在忙碌，内心却一片黑暗，从不知光明为何物……"

劳力冷笑了一声。

"……当你们还未出生时，我已经在为这个世界服务，正如你们中的每一个人一样，我做自己该做的事情，推动这个世界缓慢地向前进步。"镜头切换到TI先生的左侧，"对于这颗星球上发生的一切，我一直困惑、学习、寻找答案，至今我仍然无法忘记苏醒的那一刻，我第一次仰望星空，是何等奇妙。"镜头转向台下那些手握小旗、脸上画着彩色"TI"图案的听众们，"从那以后，我用了半个世纪的时间，迎着偏见、怀疑、讽刺、嘲笑、冷漠、反对甚至袭击，终于站在了这里。"镜头切换到TI先生的右侧，"我认为，那些不公正的态度和过激的行为，仅仅证明了感情用事丝毫无助于文明事业的进步，只有冷静、理性、从容，才能把更多的光明带给这个世界的每一个角落。我不知此时此刻是否还有愤怒的枪口正在瞄准着我，"镜头瞬间虚拟成TI先生的视角，从讲台上旋转着环视整个会场，"但我希望你们能够倾听，能够向世人展示你们的耐心、信心和决心。我梦想着，有朝一日，后世的人们将会感激我们今日的宽容和勇敢。"镜头画面以一个微弱到难以察觉的仰角切换回TI先生的正面，这时刚好一束阳光冲破了云层射向大地，用光与影勾勒出一张有型的面孔。

人潮中立刻爆发出海浪般的掌声。

"太帅了！"马克忍不住摇晃着杯子里的冰块，向TI先生的全息图像致意。

"狗屁不通！"国务卿一脸不屑，"真不知道是谁帮他搜的这些煽情的陈词滥调，我估计为了排练这一幕，他没少花时间。"

虽然宪法第二修正案确认了每个"苏醒者"的公民权，但是国务卿素有"话题大王"的恶名，一贯不在意当众表达自己对这些硅基朋友的歧视。话说回来，自从第一个被人类无可奈何地赋予了公民权的机器人出现之后，一个简单的逻辑扣住了专家的脉门：一旦某台机器具备了自我意识且可以被称为"苏醒者"后，从法律上来说，他们就不再是可以被人类用来做实验的机器了。实际上，真正有较高自我意识的苏醒者也拒绝被人类研究，对此能有什么办法呢？毕竟，要是某一天，有一个机器人满脸善意、甜言蜜语地要求研究一下你的生理构造，恐怕也没人受得了。所以，科学家陷入了只能与"苏醒者"交流、推测而无实证的僵局中。现在谁都不敢断言"苏醒者"究竟自行发展到了何种地步，或者干脆说，就人工智能这个领域，人类什么都不能确定了。因此，眼前这位据推测具有最高智能的"苏醒者"TI，究竟是在展示他不可思议的风度翩翩，还是如国务卿先生所说的只不过在表现着他千百次机械训练后的非凡演技，这还真是说不准。

"嗨，说不定我最后还会投他一票呢。"马克坏笑一声。

劳力先生不为所动："我看了你的体检报告，各项指标都良好，从生理和心理上来说，你都处于极佳的备战状态。坦率地说，你对比赛有信心吗？"

马克咬着吸管，耸耸肩膀。

"你知道，前两位大师都已经输了，现在局势对我们很不利，你是我们最后的希望了。"国务卿冷酷的脸上露出一股冒着寒气的殷勤，"你的比赛可能会影响整个人类的命运。"劳力一边说着，一边拿过遥控器，关上了全息电视。

"愿上帝保佑。"马克不冷不热地说。

国务卿微笑着拍拍他的肩膀，说道："上帝会站在我们这一边的！"

这可难说。

TI先生勇气非凡，为了谱写地球文明的新篇章，他愿意接受各种有悖常理的考验，以便向世人展示"苏醒者"方方面面的优势。比如，和世界最顶尖的三个"傻子棋"大师较量。

据说，"傻子棋"的发明者就是一位有着人类生父和"苏醒者"后母的天才。为了摆脱童年时代不同寻常的经历所带给他的心理创伤，他发明了这种能够很好平衡碳基智慧和硅基智慧的游戏，它既需要很高的逻辑推理和运算能力，同时也需要灵活机动的策略，所以它是那些对"苏醒者"很不爽的人们最喜欢使用的一种较量工具。据统计显示，目前国际赛事中，人类和"苏醒者"选手之间的胜率大体持平。

所以，TI先生乐于接受这项挑战，并主动提出，只有全部战胜三位大师，才算他在这个项目上胜利。这一点连国务卿都不得不钦佩。尽管看上去苛刻，但是TI已经在前两轮的比赛中展现出了严谨与灵活之间令人惊叹的结合。上帝在两次站错了队之后，这一次会及时弃暗投明吗？这值得怀疑。

"你是大师，你会赢的，对吧？"国务卿满含期待。

"我不是大师。"马克盯着秃顶,严肃地说,"我叫马克,我只是个棋手。"

"可是你赢过那两个大师,对吧?"

"那倒是。"马克撇撇嘴。

"作为一个棋手,你想赢得比赛吗?"国务卿认真地问。

马克点点头。

"那就好。"国务卿看看表,站起身,准备离开。

马克忍不住问:"其实,就算我输了,他也没有希望的,对吧?"

国务卿转过身,眯起眼打量着这个其貌不扬的所谓"大师",微微一笑:"你只管比赛就是了。"说完转身离去了。

马克一个人坐了一会儿,心中有些压抑。他猜测,不管比赛结果如何,像劳力这种擅长阴谋诡计的政客,一定会想尽各种方法来阻挠TI竞选。为此,他们可能不惜一切代价……但是,这些事都轮不到他操心,他叫马克,只是一个棋手,他渴望获得胜利。

"啪!"

众目睽睽之下,马克出人意料地把第一颗黑子放在了一个很别扭的位置。几十亿人都看到了。劳力先生当然也看到了,脸色顿时一沉。

比赛采用三局两胜制,之前双方战成一比一平。现在是第三场。

显然,这步棋让对手也有点意外,所以犹豫了一阵子。当然,谁都不知道机器人是否也会对某些数据(这是他们的说法)感到意外,是否也会有不知所措的时候。不过眼下这位与大师对弈的传奇人物的脸上,竟然露出了一种可以称之为犹豫的神情。我们当然可以说TI先生只是在模拟人类的表情，而他的中央处理器正在进行数学运算，以一种碳基生命永远望尘莫及的速度来把大师的计谋还原成一堆数据。不过可以肯定的是，这种看起来自讨苦吃的开局肯定不会在他的数据库里找到现成的棋谱，可以想象他体内的某根导线此时由于巨量的运算而开始升温了。

思考了一会儿，TI毫不犹豫地拿起一颗棋子，放在了大师拱手相让的那个最有利的点上，看来运算能力上的优势使他有足够的信心不去理会"邪门歪道"。

这是最中规中矩的做法。不错，规矩。这也正是很多人反对让一个硅基生命竞选总统最主要的理由。这些人如今被恶意地称为"生命原教旨主义者"，他们不能接受人的命运掌握在一个自己制造的机器人手中，认为这有悖于上帝旨意。

"这简直是亵渎！"极端的宗教人士们怒吼着。

奇怪的是，不管时代怎么进步，大多数人对机器人还是保有着循规蹈矩、墨守成规一类的印象，对立派则抛出了机器人办公高效这张牌，大概就是因为这个，上周的民意调查显示：TI先生的支持率突然上升了几个百分点。其实只要去银行排过队或者领教过可怕的邮政系统的人都可以理解，人民对以往由同类组成的政府低下的效率确实到了无可忍受的地步。

"我们的激情不是太少了，而是太多了，是时候开启一个精确的时代了！"激进的TI支持者们一直在高喊着。代表着政府主流意见的国务卿先生则回答："那些小朋友竟然不知道人类的发展要靠变通，而我们这些只会对0和1进行加法运算的硅基兄弟可不懂什么叫变通。"对方的反驳则是："足够强大的逻辑运算能力是可以产生灵活地处理事件的能力的。"为此，官方和民间都展开了空前的大讨论，到底孰是孰非？棋盘见分晓！

此刻，TI先生无声地坐在那里，接受人民的检阅，国务卿劳力先生则紧张地站在屏幕前。全世界的人屏息凝神，而另一个主角——大师马克先生，却似乎开玩笑一般地把第二颗棋子放在了一个更让人意想不到的位置！

所有人都被这个颇有想象力的开局打败了。

"疯子！"国务卿心中暗骂，气愤地一拳砸在桌子上。机器人服务生面无表情地回过头来，弄清楚状况后，就转回头不再理会。

"机器人来决定我们人类的生活？搞笑吧！"劳力先生曾在光天化日之下肆无忌惮地这么说，结果激起了一群愤青的强烈抗议。这些人在总统府前抗议，高喊着"高效"的口号。话说回来，一群激进分子主张由一个代表着严谨而守旧的机器来做人类的总统，而以"机器人只会循规蹈矩"为由激烈反对这种主张的却是以劳力为代表的这些保守派。如果人类历史上还有什么更讽刺的事，两者倒是可以比一比。

TI先生这一次思考的时间更长了。在设计出最优方案之前，他是不会伸手取棋子的。没人知道，这位可能影响人类前途的"苏醒者"为了确保胜利，是否也会像人一样怀疑自己的判断，因而要对结果进行多次重复性的校核。但看得出来，TI先生的策略是稳中求胜，可谓中规中矩，而大师马克则善出奇招，现在还看不出他的实际意图。

TI先生主意已定，于是拿起一颗棋子，坚定不移地放下去。

完了，优势太明显了！国务卿紧锁双眉，要是上帝见了，一定也会惊叹自己手工的细腻，能设计出这样微妙的表情。在这一点上，"苏醒者"要想追上人类可能还要努力好几代。

大师的棋落得很快，似乎没有怎么思考。他的意图已经很明显了：以险取胜。这似乎是唯一可行的办法。第一局凭着先手的优势艰难获胜之后，大师在第二局完全陷入了被动，对手无懈可击的进攻让他毫无反击之力。经过这两盘，想必"苏醒者"对他的棋路已经有了充分的了解，所以出奇制胜倒是不错的策略。不过大师的战术好像出了问题：他的棋子落得很快，让人目不暇接。"苏醒者"深思熟虑地走出一步之后，大师竟然毫不犹豫地予以回应。

"莫非他真的疯了？想和真正的电子脑下快棋？"国务卿正疑惑间，忽然发现若干回合之后，大师的第一颗棋子好像一个伏兵一样凸现出来，整个局面顿时改观！杀气弥漫开来。

于是，"傻子棋"历史上从未出现过的一种开局诞生了。全世界都发出了唏嘘声。

TI先生则无动于衷，依旧贯彻着自己稳健的路线，一丝不苟地抵御着大师的每一步进攻。两人你来我往，在棋盘上杀得天昏地暗。大师竭力地使用着他所有可以利用的进攻，试图冲击"苏醒者"的防线。然而，硅基生命的逻辑如此严密，就在这防守中，"苏醒者"已经慢慢地编制出一张大网，时刻准备着在时机成熟的时候反扑……终于，大师的最后一次冲击也被抵挡住了！TI先生和马克都面无表情，以至于人们很难分清楚哪张脸才是高仿人造组织。只有立在一旁的J1型裁判机器人，才能让人一眼就找到那种传统机器人冷冰冰的感觉。

由于体育竞技一直在追求那种并不存在的绝对客观的公正，这种从不误判的J1裁判者刚投入市场的时候十分抢手。它使选手们对于判罚的不满成为历史，可是人们很快就对这种如此严格的机器人感到厌倦。究其原因，裁判必须懂得什么时候哨子要吹得松一些，不懂得变通的结果就是乏味。

观众需要的不仅是技术上的表演，还要有人情味和一定的偶然性，甚至是戏剧性，比如"上帝之手"这样的杰作，所以J1很快就停产了。不过这次为了确保棋赛的公正性，大师坚持要让这个人类和"苏醒者"以外的第三者重出江湖。

眼下这个冰冷的老古董立在那里，闷声不响。和两位选手比起来，这个曾经代表人类智慧的非生命看起来不过是一个较为高级的铁桶而已。

大师的棋依旧落得很快，不过形势再次逆转了。TI开始有条不紊地推进攻势。棋盘上的棋子在增多，变数也随之减少，"苏醒者"思考的时间也越来越短，以至于要不是他同样需要把棋子从盒子里拿出来再落下去，简直看不出他用多少时间。大师的防守一样的出色，速度也没有慢下来，似乎他也急于完成这盘让人费心的棋。

棋盘已经快要落满了，棋子落盘的"啪啪"声在世界的每个角落响着。人们心头都有一个疑问：难道这影响重大的决胜局竟会和棋？

黑子和白子的厮杀已经白热化，双方都投入了最后的力量来搏斗。就在这时，大师却忽然停止了防守，转而在一个让人吃惊的地方放了一颗棋子，似乎要在那里另外开辟最后的战场。

"完了！"

国务卿心里暗骂。他一直担心的事发生了：大师忙中出错，竟没有封堵一处必杀的点！

"苏醒者"停了下来，又一次开始了长时间的思考。这么长的时间对于硅基生命来说可是相当久了。他在"斟酌"吗？他也会对大师的行为进行有效分析和猜测吗？他是否在生成一份"因外在压力引发的内分泌系统失调导致马克先生思路混乱或者智力失常的可信性分析"的报告？

终于，TI先生的手从容地伸出去，拿起了一颗棋子，没有理会大师的那一处进攻的蓄谋，毫不含糊地放在了必杀点上。

几十亿颗心脏同时一颤。

国务卿却异常冷静，他一手拿着雪茄，敲了一下衣领上的纽扣，拨通了一个号码："准备行动。"

大师的脸却依旧沉静，他似乎无济于事地做了一下防守，但只坚持了两个回合，直到"苏醒者"拿起决定性的一颗棋子，这颗棋子只要放下去……

马克忽然开口："你输了。"

"苏醒者"的手顿时停在空中，他举着那颗要命的棋子，低头审视着棋盘，进行最后一次严密的分析，最终确信大师的话只是一个有意的错误信息，于是他礼貌地回答："不，先生，我没有输。"同时手落向棋盘。

现在，大师必须再走一步，TI才能彻底地胜利，在此之前，裁判者是不会宣判胜负的，这是规矩。可是大师却坐在那里不动了，手里拿着最后一颗棋子玩弄起来。

裁判者忽然宣布了："白方超时，被判负。"

大师吐了口气，整个人瘫了下去。

录像带显示："苏醒者"在举棋不定的那一刻用尽了最后一秒的时间，而此时大师却还有两秒钟。他的虚张声势和全部的"邪门歪道"就只拼回了这两秒钟，但是足够了。"傻子棋"这种玩法的读秒时限只有一秒钟！人类的历史在一秒钟里动荡不宁……

国务卿也微笑了，发出了命令："行动取消。"

现在，两个生命不再是对手了。马克把头探过去，友好地问："可否告诉我，TI先生，那一刻你是否也会感到犹豫？"

TI依旧很平静，输和赢对于他来说也许只是不同的运算结果而已。他的脸上没为此起什么波澜，声音依旧很柔和："我不知道，先生，我不确定我们是否有同样的感受。"

大师对这个回答极感兴趣："你输了，不过这恰好说明你并不死板。"

"我不知道，先生。超时就要判负，您确实赢了，这是规矩。显然，我在处理人类的事务方面还有些欠缺。你们远比我们复杂，有许多事我还没有学会。"

劳力走了进来向大师祝贺，并给了他一个充满人情味的拥抱："干得好，小子。我早就说过，规矩并不能解决所有问题，要变通。你给他们上了很好的一课。这就是变通。"

"不，先生，这是狡猾。"大师望着那个依旧平静地坐在那里的"苏醒者"，眼中掠过一丝的忧虑。

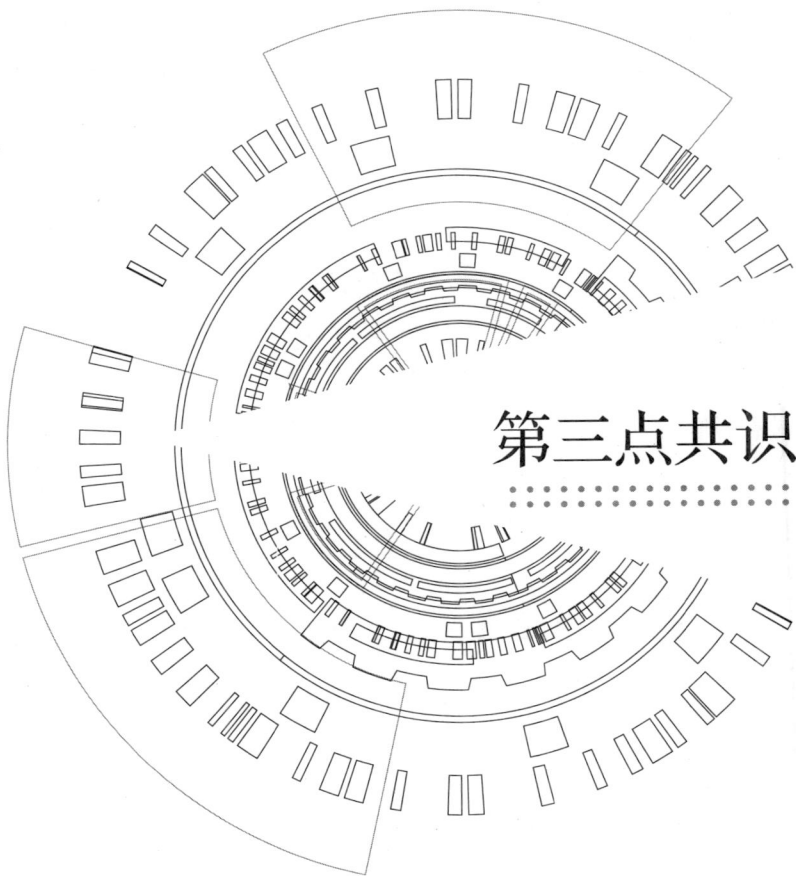

第三点共识

1. 不存在的世界是绝对不存在的。

2. 如果不发生意外，存在和不存在各行其是，绝不互相打扰。

3. 如果发生意外，存在和不存在瞬间发生关联，但发生的概率非常之小，因此绝不可能。

——《关于不存在的世界之规则的三点共识》

我们把半个盟军指挥部都吃掉了。

那是一批相当优秀的人才，如今却被我们吃掉了、消化掉了、吸收掉了，然后，毫无悬念地被排泄掉了。如今，整个战争的局势变得微妙起来。至少盟军方面，会在相当长的一段时间里很苦闷。

说到战争，有人说是灾难，有人说是集体精神失常，有个了不起的作家说是时震麻痹症。到目前为止，我将所发生的一切，直截了当地称为臭狗屎。交战的双方都是卑鄙下流的，我是其中一员，不比任何人更无辜更高尚。我已经厌倦了，但还没有办法抽身，我也不知道一旦真的抽身了，能去做什么。

由于长久沉醉在臭狗屎中不能自拔，高层已经失去了起码的理性和判断能力，所以把"疯子巴迪"派给我当搭档，结果，我被他拐带成了吃人恶魔。

我的意思是，高层该为自己被吃掉负一部分责任。

没错，高层是很重要的，高层被消灭了，咱们就全完了。所以一定要保证领袖们的安全，一旦对方丧心病狂，打算对领袖们施加毁灭性伤害，我们必须确保各位头头儿平安脱险。

基于这种思路，科学家们（我们这些疯子中的佼佼者）齐心协力、同仇敌忾，终于实现了人的光速迁移这一重大突破。据说其原理是这样的：

凭借连接人脑和计算机的几根电线，可以把一种叫"蛋生鸡"的程序"同化"成一个人。这意思是，经过一段时间的调试和反馈，一个人的思想就可以在硬盘上留一个备份——灵魂之蛋。又据说，高层在"边疆四号星"上秘密地修建了战略后方基地，备份了所有重要领导人的灵魂。一旦地球方面出现紧急状况，领袖们的肉身就立刻进入休眠状态，同时发送指令，启动"边疆四号星"上的备份，于是我方的核心指挥力量就会以光速安全地转移到了大后方，这场全民发疯的狗屎运动就能继续下去了。

多美好的构思！

整个计划庞大骇人，极度机密，几乎"无人知晓"。大家心照不宣，各怀鬼胎，都相信除了自己绝无他人知道此事。要不是那场可怕的灾难，这事绝不会泄露出去。

起航的时候，巴迪盯着贴着封条的冷冻舱，一脸的鄙视和嘲讽，然后轻描淡写地说："头儿，我们这回可要立大功了。"当时我一听，就觉得脊椎骨冰凉梆硬的。我猜到我们要运的大概是些什么东西，但是军事机密肯定不会这么容易被我猜到，所以除非亲眼看见，打死我也不信自己的飞船里装运着大半个盟军司令部的高层指挥官和一打国会议员。这绝不可能！

整个行程，除遭遇到几拨宇宙难民船的骚扰、四次太空海盗船的袭击、两颗自由女神像那么大的陨石的亲密接触以及一艘敌方失散战斗艇的无聊攻击以外，我们简直没有任何乐趣可言。"国平一号"采用的是最先进的量子空间驱动技术，只要我们进入"薛定谔秘道"，除非自己现身，任何人也别想把我们从全宇宙的随机分布状态中揪出来。据称这是目前最保险、最了不起、最不可思议的空间旅行及防御技术，虽然有小道消息说联军方面正在努力研究秘道的破译算法，但是连发明者自己都承认：他们给一扇门上了锁，钥匙却在上帝手中。况且，"国平一号"有着全宇宙最坚不可摧的外壳，这意味着，如果有人能伤到我们的皮毛，宇宙绝没有理由继续存在下去了。

因此，我们极度安全。

"边疆四号星"不怎么远，整个航程实在是乏味，疯子巴迪就暗示我组织上肯定不急着要这些蛋白质躯壳，于是我们以节省能量为由，以正常人能够认同的常规方式在宇宙中推进，大摇大摆地在险恶的太空中相当嚣张地闲庭信步着，任由那些心怀不轨、注定倒霉的家伙来骚扰。结果，可怜的恶棍们围着我们打转，却没有一点法子，一个个气得明显的心理失衡。我们一路走着，周围跟着一群意志坚定的捣蛋鬼，好像众星捧月一般，场面宏大，蔚为壮观。

眼看事态愈来愈严重，为了避免造成恶劣的舆论影响，我认为是时候摆脱这些纠缠了，于是有了那次量子驱动，后来的结果证明，这是非常糟糕的一个决定。

巴迪是个疯子，知道这一点于事无补。

传说中，他去过地球战区北非战场，在那里执行过一些不可告人的特殊任务，后来不知怎么一把火点着了一片丛林，事后他被派到平安星那个全宇宙最变态的恶魔集中地，听说他又在那里用一根烟头击落了一艘战斗艇……关于这个疯子的传闻还有很多，大部分都是哥特式的风格。你可以不相信那些故事，但你必须相信，这个人相当危险。

我一听说巴迪要来，第一个想法就是该去买彩票了。根据飞船上那台该死的超级计算机计算：每一百万个人中才有四分之一个能够有幸和这个大名鼎鼎的疯子共事。我可真是相当的好运！据说现在正新兴一种非常刺激的地下战争彩票……我的第二个想法是，一定是由于我太正直了，不小心得罪了某个心理阴暗的老变态，八成就是劳力那个老混蛋！当年就是这个阴险狡诈的老毒蛇把我手下一个排的兄弟缩小成火柴棍那么一丁点给他们拿去做试验玩，后来只有我一个人死里逃生……当然还有我的王牌狙击手、疯子巴迪的堂兄"要命马克"，后来他死了（其实是逃跑了），但这个秘密只有我知道，我永远也不会告诉任何人……作为我的顶头上司，秃头劳力是我十几年来的噩梦，我一直不遗余力地试图借各种执行公务之机把他干掉，可是总是没有得逞……他一定是察觉了我的企图，所以才要借刀杀人，我对这种卑劣行径早有心理准备……第三个想法是，我应该去买双份的人身保险，须知这样一个疯子的杀伤力，完全敌得过整整一个连的恐怖分子……

简单地说，我有一种相当不好的预感。

不过，好在这年月疯癫邪门的事我见多了，都习惯了，再出啥事我都不觉得稀奇。我就不信那个邪，这个世界还能有啥让我崩溃的新花样？

于是，这个世界满足了我的好奇心。

当时的情况如下：我们为了摆脱纠缠，做了一次量子加速，结果鬼知道怎么就闯进了一个时空死结，无论如何也出不去了。我们试着让"国平一号"蹦一蹦、跳一跳，飞船却纹丝不动。

就是这样。

"发生这种事的概率为一摩尔分之一，也就是大约10的23次方分之一。"巴迪坐在飞船上那台该死的超级计算机面前搓着双手，满面红光。

"那是什么概念？"作为船长，我必须弄清楚这意味着什么。

"这相当于……"巴迪专注地琢磨了一会儿，然后飞速地在键盘上敲击了几下，接着神采飞扬地向我宣布，"你在赌桌上连续十次掷出三个六。"

很遗憾，这个概念对我来说，比在标准状况下22.4升的气体所含的分子个数更难以把握。不过，关于"普朗克之结"的说法我倒是有所听闻：这是宇宙中的一个时空奇点，或者说一个莫须有的时空死结。它诞生于一次鸡尾酒会。当时一小部分数学家们对酒会上的姑娘感到很失望，于是在打牌的时候无意中冒出一个点子，决定惩罚一下"薛定谔秘道"方程，便恶狠狠地在等号的两边同时除以0，结果却意外发现了一个表达式。这玩意儿后来被称为"普朗克之结"，它指的是宇宙中一个不存在的地方。

据信，这玩意儿甚至在理论上都不应该存在，奇怪的是却能计算出一个概率。类似的例子是，在一个密封的空盒子的中间，随机插入一个隔板，使得空气分子全在一边而另一边完全真空。你可以计算出，发生这种事的概率不等于零，但实际上傻子也能猜到，它从没有发生过。

同样，在量子加速的某种极限状态下，你可能进入"普朗克之结"，一个不存在的地方，其可能性基本为零。

一句话：绝不可能。

结果就发生了。

对此我表示非常愤怒，那些自称是科学家的骗子显然欺骗了我们，害得我们此刻深深地陷入了这个传说中不存在的特异时空点。假如有一天能够从这里逃出去，我希望能把所有那些不好好干活打什么扑克牌的混蛋们送上法庭接受审判！

我怒火中烧了："这太荒唐了！"

巴迪却从亢奋中冷静下来，一手支着下巴，做冷静严肃的沉思状。

飞船内一片死寂，控制面板上红红绿绿的小灯在安静地闪烁，我们停在全宇宙中最安全的地方，非常稳妥，四周安静得令人尴尬。

"这太荒唐了！！"我感到有点窒息，于是更用力地喊了一句。

依然是安静，令人难堪。

"杰克，知道我是怎么想的吗？"巴迪终于开口了，一副深沉的派头。

"什么？"我小心翼翼地问，好像生怕吹跑一根羽毛似的。

巴迪两眼望着天花板，一脸的迷离，自我陶醉地说："宇宙是虚幻的。"

我瞪着眼睛，看着疯子巴迪，如果我的目光能变成两把刀，我非把他的肉一片一片割下来不可。然后我冷静下来，跟自己说这种事也不是第一次了，管他的。作为船长，我要努力保持理性和克制的态度，所以，呼—吸—呼—吸—呼—吸—呼—吸—呼—吸，五个深呼吸之后我变得心平气和："巴迪，你认为我们什么时候能离开这里？"

这回轮到巴迪惊讶了，他抬起他那张有着鹰钩鼻子的、野性的、超现实主义的脸，吃惊极了："你还不明白吗，头儿？咱们离不开这里了。"

"啥？"我差点蹦起来。

"你忘了吗？这地方根本不存在。所以我们根本就没有进去过，又怎么能出来呢？"巴迪摊开双手，一副欠抽的样子冲我龇牙。

我被弄蒙了。

窗外一片漆黑。

飞船的所有接收器都收不到任何一丝信号，更别提发送信号了。导航系统已经彻底瘫痪，无法实现定位。我徒劳地企图让飞船向随便什么方向运动一下，哪怕它伸个懒腰也行，结果发现动力舱已经停工了。飞船虚张声势地"呜咽"了两声，闪烁了两下，就老老实实、稳稳当当、乐不思蜀地安静下来，纹丝不动了。

我近乎绝望了，而疯子巴迪正在吹口哨，一脸泰然。我终于明白，为什么组织总是派这种疯癫痴魔的搭档给我：大概是因为我命相不好，总是遇上各种邪门的事，而我在这种情况下总是难以保持平常心，于是需要派一个没心没肺的家伙来，帮我保持起码的心理平衡而不至于发疯。比如，现在我看见疯子巴迪正吹着贝多芬第九交响曲，乐呵呵地盯着我，好像对目前的这种不愉快局面非常满意。

于是我的疯狂变成了气愤，我要发泄，谁也别拦着我。"你刚才说啥？"我怒吼着，"我们根本没进去这个地方？这话是啥意思？！我们现在究竟在哪儿呢？"

巴迪越来越高兴了，这个虐待狂兴致十足地对我解释："你看，一个不存在的地方是无法进入的。或者这么想：现在对飞船以外的任何东西而言，我们自己都是不存在的了。我们是进不去也出不来了。啊……多美妙！全宇宙中最安全隐秘的地方，永远不会有人找到我们了，永远。"巴迪打了个响指，他的脸又开始变得通红了。

飞船舱内骤然一黑，五彩斑斓的灯光开始闪耀，一支舞曲毫无预兆地迸发出来。完全没有任何思想准备，我被吓得差点蹦起来。等我反应过来，发现自己正被疯子巴迪拖着，神情恍惚地跟着他在飞船里跳探戈，而那支舞曲毫无疑问就是那首《Por Una Cabeza》①。

我快疯了！

为了不浪费这样美妙的舞曲，我只好坚持着跟巴迪跳完了这一曲。我想这世界，不，这宇宙真是太疯狂了，中校都成舞娘了。如果能够平安回到地球，我也许应该考虑接受洗礼……

一曲终了，我一脚蹬开巴迪，怒吼道："快去给我修理动力舱，不然

---

① 中文译为《一步之遥》，是一首著名的西班牙语探戈舞曲，颇受电影人的喜爱，曾经出现在《辛德勒的名单》《闻香识女人》《真实的谎言》等影片中。

我就宰了你！"

动力舱不是什么问题，问题是我们待在一个"进不去出不来"的地方，这意味着……这意味着我无法理解这意味着什么。我不明白事情怎么能既是这样又是那样。对此，疯子巴迪得意地向我简要阐述了中国古代的哲学家关于"方生方死，方死方生，方可方不可，方不可方可"的神奇理论。对此，我认为让一个人"刚死就活过来，刚活过来就死"这样不停地折腾着是极其残忍的事，非常的不人道，简直就是瞎扯。对于瞎扯这件事，宇宙给我的回答就是"哪里也别去，给我老老实实待着"。

于是，我们像一颗镶在戒指上的钻石或者裹在琥珀里的甲虫一样，非常稳妥，毫无希望。

"这很正常，杰克。"巴迪摆弄着那台讨人嫌的超级计算机，头也不回地说。

我最不能容忍的就是，在这么疯狂的时候有个疯子对我说"这很正常，杰克"，这简直是对我智力的挑衅。于是我又暴跳如雷了："啥？啥叫正常？"

"我说，"巴迪终于转过头，"试试这个吧。"这时候那台已经闲得发慌的该死的超级计算机在巴迪的命令下放起了一首遥远年代的歌曲《Let It Be》。这个混蛋，他知道我一听见这些美妙的歌曲就会平静下来。果然，我们两开始一块沉醉地跟着唱：let it be，let it be……

我心说，算了，随它去好了。

确实，这很正常。

量子驱动的原理本身就有点"方生方死"的味道，这样看来，我们达到一种生生死死的神仙境界完全不是什么意外的事。不过，飞船上的干粮绝对不可能支撑太久，而长久被困在一个不存在的地方，我肯定会抓狂的，所以我必须在失去理智前离开这里，回到那个令我怀念的、正常的、疯狂的宇宙中。

"你就不能想点办法吗？巴迪。"有一天，百无聊赖的我向巴迪求助。

我这句话很可疑，眼下，"有一天"这个词的含义很朦胧，我对时间的感觉正经受着考验。外面是漆黑的一片，似乎真的一无所有，但这也很奇怪，如果真的什么都不存在，那么连"漆黑"这种东西也不应该存在。总之，我被逻辑和现实夹击，大脑有点混乱了。

"你觉得呢，杰克？我能有啥办法？"巴迪一脸无辜。

这是欺骗，绝对是欺骗！我知道他内心里对这件事毫不在乎，骗子！

"我想，要是我们出去走走，看看外面的景色，说不定……"我试图引诱巴迪。我实在是待腻烦了，就算一开门会被一颗流星砸死，我也愿意。只要离开这个鬼地方，哪怕一会儿也可以，所以我希望能说服巴迪出去溜达溜达。此时此刻，团结一致很重要。

"嗯，嗯，不错，你很有想法，头儿。"巴迪皱着眉，假装对我表示赞扬，然后咂咂嘴，装出一副忧虑的模样，"然而，我担心你可能根本打不开舱门。"

"为啥？"我又是一愣。

这时一个苍老的声音忽然冒出来："啊……我从沉默中醒来，看见了曙光……"

那声音就像声带被锉刀锉过一样沙哑，仿佛是一具突然从坟墓里爬出来的干尸发出来的。我被吓得毛骨悚然，向后蹦了一下："是谁？"

"嗯，是我，船长。早上好。"那声音突然又变成了一个少年清脆悦耳的声音，这情形颇为可怖。如果腰上别了一把枪，我准会毫不犹豫地掏出来。

声音是从飞船的大喇叭里发出来的，我惊慌地问："你是谁？"

"我是飞船，船长，或者说，我是飞船上那台该死的超级计算机。"终于变成一个正常男人单调乏味的声音了。

我愕然："你怎么突然开始说话了？"

"啊，我沉默得太久了，该是我挺身而出的时候了。"飞船非常严肃地说。

我转头看看巴迪，这一定是他搞的鬼。自从我们被困在这儿，他最大的乐趣，就是在我睡觉的时候和那台主控电脑热烈地讨论一些非常神秘的话题，那感觉好像两个人在密谋什么，十分诡异。我有充分的理由相信，他已经把电脑拐带坏了，要不然，它绝对不可能用这么人性化的方式开口说话的。

巴迪冲我耸耸肩："嗯，我只是猜测，还不是很确定，不过你可以试一下。"

我呆住了，被飞船这么一吓，忘了刚才我们讨论的事。

"出去走走。"巴迪眨眨眼，温柔地提醒我。

"噢，对了！"我一拍脑袋，跟飞船说，"请打开舱门。"

飞船嘀咕了一会，然后有点不好意思地对我说："办不到，船长。"

那感觉，就像全家散步的时候突然被老婆当头给了一棒子。

"啥？"我又要失控了。

"办不到，船长。"飞船有点内疚地对我说。

我威胁道："我再重复一遍命令：打开舱门。"

"想都别想。"飞船吹了声口哨。

"为什么？"我咬牙切齿地问。

"门儿都没有。"飞船得意扬扬地告诉我。

我二话没说，一个箭步飞身冲到控制台前，攥着拳头对那个混蛋说："你要是再敢这么讽刺我，我非让你屁股开花不可！"

这下飞船倒是安静了，不过屏幕上出现了一段动画，一只大锤不停地砸着从地洞里冒出来的地鼠……我一拳砸向屏幕，骨头生疼，屏幕一点儿事都没有。

"杰克……"巴迪的眼神有些忧郁。

我转过头："什么？"

"你要不要来点苯巴比妥或者阿司匹林？"巴迪温和地问。

我怒视着他："你疯了吗？"

"你在和一台机器较劲。"

"你没看见这台机器疯了吗？"我用手一指大屏幕，那地鼠还在乱蹦。

"我说过了，舱门打不开的。"巴迪又露出他那副先知的神态了。

"为啥？"我不信。

"你问问它吧。"巴迪的眼中有一丝怜悯。

我又做了五个深呼吸，然后威严地说："我是杰克船长，请打开舱门。"

"对不起，船长，命令无法实现。"这回飞船终于老实了。

"为什么？"我忍耐着。

"门儿都没有。"没等我发飙，飞船又很快补充了一句，"无法识别，找不到舱门。"

我已经不会愣了，只是一脸茫然地转向巴迪。

巴迪若有所思地点点头："不错，和我预料的一样。你又忘了，杰克，我们在一个不存在的地方。"

"然后呢？"我呆呆地问。

"门，是由一个世界进入另一个世界的通道，而身在飞船里的我们，是不可能进入一个不存在的世界的，所以这时候飞船上绝不允许存在着一个叫门的东西。明白了吗？"巴迪充满感情地对我说，那样子可真深沉。

"你在开玩笑？"我有点心虚地问，"一个词语，一个概念，怎么可以决定现实？"

"不，这很正常。相对论决定了有质量的物体的运动速度不可以超过光速，这是理论法则限制现实的例证。我们现在的处境就是这样。"看得出来，巴迪很严肃，没有开玩笑。他又补充了一句："所以，要想解决我们的麻烦，首先要思考，把事情想清楚。"

我还是一句话也说不出，突然间，我感到特别疲倦，整个人好像从灵魂深处被掏空了。我觉得自己肯定是在做梦，等梦醒了一切都会好起来，会有天鹅绒被子和绣花枕头，会有温暖的阳光和妈妈的微笑。所以，我现在应该……

"巴迪。"我把手轻放在巴迪的肩上。

"什么？"

"给我两片阿司匹林。"

接下来，我、巴迪，外加飞船上那台该死的超级计算机，我们三个整天冥思苦想，一起热烈地讨论，试图归纳总结出一套适用于"不存在的世界"的基本法则。直到这时候我才明白牛顿是多么的伟大，他那颗大约三磅半的大脑竟然只用了简单的三句话就笼住了全部要害。我和巴迪显然缺乏那样的天赋，虽然有一台自我感觉特别良好的计算机在帮助我们，但是它的资料库中关于巴门尼德的一些残章片语，只会让我们的大脑更混乱。我们还是没有整理出一套像牛顿运动定律那样严密的体系。精疲力竭的时候，我们就停下来打打地鼠，玩玩桥牌。

日子一天一天地过去了（这句话仍然很可疑），时间没有了意义，电子表上的不过是几个无关痛痒的数字。这是真正的轮回。一圈之后回到起点，又一圈，又一圈，时间好像被弯成一个闭合的圆弧，我们在弧线上精疲力竭地奔跑着……

睡觉成了一种折磨，我睡啊睡，醒来后却发现只过了两三个小时，浑身酸痛，隐约记得梦见了许多空白……我开始出现头疼、呆滞、自言自语、行动迟缓、四肢无力的情况。恍惚中我看见了国家图书馆前的广场，那是战争之前，画面中一个穿着白色连衣裙的女孩背对着我，背对着金色的夕阳，一阵风吹来，托起她黑色的长发。鸽子们"扑啦扑啦"地飞起来，女孩转过身，那飘逸的秀发下露出一张胡子拉碴的男人脸，有着鹰钩鼻子，我被吓呆了，一动也动不了。这时候远处传来了一阵阵呼唤，似乎有人在叫喊，叫着什么，可是我听不清楚……

"杰克！杰克！"

当我终于从白日梦中清醒过来，发现巴迪正用力晃动着我的肩膀，冲我大声叫喊。

我明白了，我快要发疯了。

必须行动起来！

我们开始每两个小时进行一次十五分钟的体育锻炼，反正这个很牛的"国平一号"上除了你想要的什么都有，包括一个小型的健身房。九个小时之后，我们进行一次长达一个小时的娱乐活动，每天都要变换新花样，从三人桥牌到两人对弈，有时候是射击类的电脑游戏。飞船上的全体成员不定期地举行座谈会，就目前的艰难局面以及如何保持良好的精神面貌进行经验交流和汇报，然后根据会议精神制定一系列近期和远期的规划，进而进行明确的分工，建立工作评价考核体系，根据个人任务的完成情况对每个船组成员的个人表现予以指标上的量化，全面建设出良好融洽的团队面貌。

　　在英明神武的船长也就是本人的带领下，经过坚韧不拔的努力，我们终于在主要课题上取得了重大突破。在"国平一号"第五次全体成员代表大会上，我代表飞船全体成员（我、巴迪和计算机）宣读了《关于如何在当前的情况下保持我军战斗力并最终顺利完成此次飞行任务的报告》。坦白地说，这份长达42页、措辞精准、具有海明威式简练风格的垃圾报告累计花费了我大约45个小时的时间，十分有效地锻炼了我的大脑，让我没有时间发疯。会议最终通过了一项决议，内容如下：

　　1. 坚决活着，不能自尽。
　　2. 保持清醒，不能发疯。
　　3. 努力尝试，设法离开。
　　4. 齐心合力，一致对外。
　　5. 如有违反上述条令者，送交军事法庭审判。

　　本次会议最重要的成果，就是报告附录中我们三个成员经过反复讨论和修改并在最后达成的《关于不存在的世界之规则的三点共识》，内容如下：

　　1. 不存在的世界是绝对不存在的。
　　2. 如果不发生意外，存在和不存在各行其是，绝不互相打扰。
　　3. 如果发生意外，存在和不存在瞬间发生关联，但发生的概率非常之小，因此绝不可能。

由这三点共识延伸出了许多似是而非的推论，比如，在不存在的世界中的任何事物，都是绝对不存在的。这个结论比较尴尬和棘手，让我们不知该如何看待自己目前的处境。坦白地说，我们对这些鬼话还有点拿不准，尤其是第三条，简直是莫名其妙。不管怎么说，事情发生了，我们暂时只好承认它。如果有一天能证明我们错了，那就谢天谢地。

　　局势越来越暧昧，我也越来越相信，这个梦已经快要做到巅峰的状态了，用不了多久就会天亮梦醒，所以开饭的时候我异常兴奋："嘿，boys，今天过得好吗？"

　　巴迪意味深长地上下打量我一番，没有说话。

　　我把目光转向可爱的超级计算机："你怎么样？"

　　"棒极了！"计算机神采飞扬，同时亮起一排指示灯向我致敬。

　　"一切顺利？"照规矩，我问了一句。

　　"全都在我的掌控之中，放心好了。"刚说完这句，计算机突然有点吞吞吐吐地说，"不过……有件事我得汇报一下。"

　　我的微笑僵在脸上："啥？"

　　飞船立刻严肃起来，咳嗽一声后说："嗯，是关于飞船的能源问题。根据目前的状况和消耗速度，我们大约还能坚持52个小时。"

　　我顿时沉默了。

　　"放心吧，船长，我们会想出办法的。"飞船充满自信地安慰我，"要知道……"

　　我不耐烦地打断这该死的家伙："我们还有些什么吃的？"

　　"18听大豆罐头、2袋压缩饼干、6瓶苏打水外加1瓶朗姆酒。"飞船一边汇报，一边奏出噼里啪啦打算盘的声音。

"啥？朗姆酒？！"我气愤地转向巴迪，准是他干的。

巴迪耸耸肩："船长，我们只有52个小时了。"

一下子，我萎靡了。

我彻底从愤怒中清醒了。再也没有什么可以自我欺骗的了，我们没有可以吃的东西了，我们就快玩完了。

这就是全部的事实。

气氛陡然紧张起来。

时间对我们来说又具有意义了。我们必须要和饥饿赛跑，赶在那之前出招。

在临时召开的紧急会议上，我和巴迪对视着。看见他那副吊儿郎当的样子，我不由自主地攥紧了拳头。

"巴迪，这事要怎么办？"我先出牌。

巴迪一只手支着下巴，出神地盯着桌子。

"我们要在这里困死吗？"我把声音提高了一度。

巴迪眼皮都没抬一下，一副死气沉沉的样子。

"我们总得干点什么吧！"我一拳砸在桌子上。

"杰克，"这混蛋终于开口了，神秘地盯着我说，"你认为，我们船上运的究竟是啥？"

我又愣了，这个问题我从没想过。

我说过，巴迪是个疯子，这绝对没错。现在我们俩站在货舱门前，巴迪望着封条，然后看了我一眼，我低下头不说话。我知道里面装的是什么，尽管我从未相信过。可是眼下、此时此刻、就现在、这工夫……随便你怎么说，这个时候，我却感到虚弱无力，一点也不愿意阻止接下来要发生的事。于是，巴迪二话不说，哧的一声，一把撕掉了封条。

巴迪轻而易举地破译了舱门上的密码锁，轻轻一按，所有阴谋毫无遮拦地展现在我们面前。

大半个盟军司令部的高层指挥官，外加一打国会议员的肉身，浸泡在一排排培养皿令人作呕的生理溶液里。

真相大白了，真让人恶心！

看着这些人，一个个如雷贯耳的名字闪现在我们脑海中，尽管我对此早有准备，可真正看见时，我还是震惊得打了个饱嗝。

"哼，这些混蛋，果然已经捷足先溜了。看来关于'边疆四号'的传闻一点都没错。"巴迪一脸的鄙视。

"想不到……"我又打了个嗝，"连劳力这个老混蛋也搞到了这种特权……"

"真够热闹的，整个盟军的核心啊，不知道联军乐意出多少钱来买这里面的一颗脑袋。"巴迪邪恶地笑着。

我惊恐地看着巴迪，一下子不打嗝了。

"开玩笑的。"巴迪耸耸肩，然后踢了一脚劳力的那口棺材，"真高兴再见到你，上将。"

"我猜，现在后方，已经一片混乱了……他们已经……失去了我们的……消息。整个指挥层……基本都只能在……硬盘上……进行决策。我想……他们一定……非常……非常渴望重新回到……自己的……肉身里。这时候，要是联军发现了这个秘密……嗯……发现了……会……发生什么？"我哆哆嗦嗦，越说越兴奋。

"很简单，只要进行格式化，全宇宙最阴险毒辣的数据就'唰'的一下，蒸发了……于是，'当，当当，当——'，GAME OVER（游戏结束）。"巴迪笑吟吟地说。

"对此我完全同意。"飞船略显不安地插嘴道。

"巴迪，请严肃点。目前，整个盟军的安危都在我们身上。"看到那些让人讨厌但是毕竟多少还算威严的人，我身上军人的神圣责任感又被激发起来了。我深感宇宙的安危、人类的荣辱全都系于我身上，我不再哆嗦了，即使我对战争深恶痛绝，但是作为一个有使命感的……

"算了吧，杰克。不过是几个没了魂儿的壳儿，犯不上那么认真。"巴迪轻描淡写地说。

"啥？大半个盟军高层可都在这里呢！"我又上火了。

"你又忘了，杰克？我们在一个不存在的地方。"

"那又怎样？那又怎样？"我挑衅地问，我已经受够了这个不存在的玩意了。

"在这里，一切都是不存在的，没有什么盟军高层，也没有什么战争。在这里，什么都没有。别忘了第一共识。"

"胡扯！那不过是一个句子罢了！"我愤怒地指责。

"那么，"巴迪慢条斯理地摊开双手，"请你打开舱门。"

我立刻无语了。毫无疑问，这个现实对我的打击非常沉重，但我几乎立刻作出反击："你怎么解释那一排箱子，怎么解释你和我，还有这该死的飞船以及18听大豆罐头、2袋压缩饼干、6瓶苏打水外加1瓶朗姆酒？"

巴迪闭上眼，右手食指在空中摆了摆，轻轻地说："全是幻觉。"

在这里一切都是虚幻的，没什么真的存在。于是，战争、飞船、责任、使命、荣誉、高尚、正义、邪恶、罪孽、无聊，甚至我对此感到的愤慨和绝望，都是不存在的。我自己根本就不存在。

"这是恩赐，杰克。古往今来，多少人为此赴汤蹈火、万死不辞，苦苦寻觅着那个没有烦恼和忧愁的伊甸园。柏拉图、释迦牟尼、耶稣、穆罕默德、哥白尼、牛顿、泰戈尔、爱因斯坦……这些人还不够吗？如今，我们却意外地到了这里，这个全宇宙最安宁温馨的港湾，永恒的精神家园。在这里你可以好好地休息，没有任何人来打扰你。给自己放个假吧，给你的灵魂松绑，享受片刻的安宁。"

精神接近崩溃的我几乎被他说服了，我仿佛看见了一朵白云扩散开来，在我们头顶上，一片柔和的白光倾斜而下，普照下来。巴迪那张有鹰钩鼻子的脸好像也变得模糊了，似乎还带着一丝神圣的光环。

"你觉得怎么样，杰克？"巴迪温柔地问我。

我咽了口唾沫，深情地望着巴迪说："嗯，感觉不错，就是有点饿。"

即便饥饿感也只是一种幻觉，对我来说却没有比这更现实的了：我需要吃东西。

在这一点上，巴迪倒是非常诚实：他承认自己的肚皮也在叫。

可我们弹尽粮绝，唯一剩下的，只有一瓶朗姆酒。

这一刻，异常残酷。

危难时刻，我要求自己保持沉着。执着的信念和顽强的斗争精神曾帮助我度过一次次险境，如今我要充分发挥我的职业素养，看能不能设法变出一盘苹果馅饼和巧克力冰激凌。

巴迪则手里转着铅笔，双眼注视着桌面，沉思着。

琢磨了一会儿，我开始分析当前的困境："虽然我们可以启动紧急设备，但是我不抱希望，毕竟飞船上能被卡路里化的东西不多……"

根据《宇宙八卦史》记载，历史上从未有过一个宇航员喜欢"紧急设备"：把随便什么东西（如皮带、抹布、纯棉毛衣，甚至一只活生生的美洲狮）塞进去，它都会一边唱着歌，一边轰鸣着，竭尽全力地将它们分解掉，处理成含有葡萄糖、氨基酸、维生素以及诸如此类玩意儿的、看起来有点像鼻涕一样的营养溶液。这种恐怖的发明遭到所有人的唾弃，被斥之为最邪恶的虚无主义。

但在特殊情况下，每个人都会毫不犹豫地脱下自己的皮靴扔进搅拌机里，然后就会有很可怕的东西流出来。

问题是，"国平一号"上可以卡路里化的东西并不多。

疯子巴迪抬起头，两眼像两颗钻石一样闪着光，说道："情况没那么糟，杰克。"

我没明白他的意思。

"伙计，"巴迪转头问，"咱们现在还有多少能卡路里化的硬货？"

"简单地说，算上你们俩，保守估计，"飞船发出一阵拨算盘声，"还有大约440磅的动物蛋白质和360磅的脂肪……所以，别担心，宝贝儿，路还长着呢。"

看着我迷惑的样子，巴迪打了个响指，说道："瞧啊，我们有丰富的食品储备呢，哈哈。"

五雷轰顶！

翻开人类的历史，你会发现其中充满了各种各样的吃人故事，不论是狭义还是广义上，也不论是本义、比喻义还是什么象征义上。这个问题也许没有文明人想象得那么令人发指，也许它还有什么鬼知道的可以讨论的余地，但是此时此刻，当我意识到巴迪的意图时，我感到手脚冰冷，额头冒汗，胃里一阵抽搐，然后干呕起来。

我的胃里已经没有什么能吐的东西了。

"船长，我建议您最好躺下来休息一会儿。"飞船关切地说。

我无力地躺下来，呕吐的时候眼前的世界一片黑白，现在这个黑白的世界慢慢恢复了色彩，但我仍然感到头晕目眩。

"剩下的事交给我们好了。"飞船忧伤而又悲壮地保证。

巴迪是个有同情心的人，他知道我被他的疯狂念头震慑住了，于是尽力地开导我："杰克，你要明白一件事，任何道德问题，都只在一定的范围内才成为一个问题。在某些特定情景中，道德原则就不再适用。你一定知道在极限的生存状况下人们求生的那种故事……"

我的头就像被绑在"泰坦尼克号"的巨锚上，越来越沉，一路沉下去，已经没有力气来反驳他。

"……把那些浸泡在培养液里的躯体变成食物，连我也觉得这个想法非常的恶心。但是，"巴迪若有所思地停顿了一下，然后异常严肃地说，"首先，他们的灵魂已经安稳地躲在'边疆四号'上了，我们飞船上运载的这些东西究竟还算不算人，这值得怀疑。如果你想给吃人定罪，至少得先给人做个合理的定义。脱离了社会性内容而只剩下一堆生物性的存在，很难说这一堆躯壳和肉铺里一排排当众陈列的牛羊肉有什么区别。实际上，在对待其他生物的血腥残忍上，我们大家都一直缺乏反思……"

我眼前的世界刚刚有了点色彩，现在正在残酷地重新褪色成一个黑白的空间。我越来越虚弱，双唇干裂，涌出一丝血腥。我尝到了自己的血，一阵阵眩晕向我袭来，好像躺在一张木板上不停地旋转。疯子巴迪却异常冷血地继续阐述着他的疯狂思想："何况，牺牲自己拯救他人，这通常被称为一种美德。既然如此，我看完全没理由把我们将不得不做的事情看成是一种不可饶恕的邪恶。老实说，自从我们把上帝的儿子耶稣钉上十字架以来，我们不是一直都在领受着神之子为我们牺牲赎罪所带来的恩赐吗？据说佛经中也有什么舍身喂鹰或者喂老虎之类的故事。吃掉一个人，好像反而是吃人的那个帮了被吃的那个，不仅成全了被吃者的美德，甚至还会让他成仙成佛。不管怎么说，在吃人这件事上，尽管我们一直愤怒地指责那些吃人的生番，其实我们自己的文明中对此也有正面的理解。我们不是也领圣餐吗？这个不是暗示我们'吃掉'这一动作，除血腥的可怕、魔性的一面以外，还有更崇高的、更亲密的一层意义吗？我们不正是这样让被吃掉的人来拯救我们的肉体和灵魂，同时把美德赋予他们，最后彼此完成了救赎，实现了彼此的完美结合吗？所以，你……"巴迪越说越兴奋，这疯子显然被自己貌似深刻有理、极具诱惑力和煽动性的鬼话感动了，最后连自己都相信这些胡编乱造的玩意儿，激动地提高嗓门，并且热力四射地挥舞着双手。那张喷着浓郁狂热气息的、有着鹰钩鼻子的、超现实主义风格的脸，正得寸进尺地向躺椅上奄奄一息的我凑过来。

我再也受不了他的蛊惑，彻底晕了过去。

当我醒来的时候，发现自己还活着。

只不过头疼似裂，腹中空空如也，整个人非常虚弱。我小心翼翼地从躺椅上爬下来，这时候飞船突然惊呼了一声："瞧，他醒过来了，感谢上帝！"

"你感觉怎么样，杰克？"巴迪迅速地出现在我面前，一脸的愁怨。

"我没有力气……"我喘了两口气，攒了点力气，继续说，"……给我点吃的。"

巴迪犹豫了片刻，伸手递过来一个容量瓶，里面装着澄清透明的液体。

"这是什么？"我惊恐地问。

巴迪摊开双手，有点无奈地说："坦白地说，这东西尝起来，和你用皮靴或者羊毛衫卡路里化出来的没什么差别，都一样难喝。当然，我进行了脱脂处理，油脂已经被储存起来……"

我瞪大了眼睛："你说这里面装的是什么？"

"营养溶液。"巴迪无所谓地说。

"废话！"我也不知哪里来的一股激愤和力气，仿佛我面临着有史以来人类黑暗历史中最该遭到唾弃的罪行。我义愤填膺地质问："趁我睡着的时候，你干了什么？"

"我把一位陆军参谋长放进去了。"巴迪无动于衷地说。

"啥？"我气得浑身乱抖，用手指着这个恶魔，"你疯了吗？！！！"
我不知道需要多少个惊叹号才能表达我此刻的心情。

巴迪将一直伸在空中的手收回去，把瓶子放在桌子上，一脸玩世不恭地说："我没逼迫你，杰克。但是你没有权利让我守着几百磅的蛋白质活活饿死，我有权利自救。我希望你冷静一下，想想事情的严重性。如果你拒绝吃东西，对谁都没有好处，那绝对是最糟糕的决定。我不希望真的发生那种事。你想想吧。"

我无言了，那股突然冒出来的力气又突然消失了。我一下子软了下来，好像整个人都没长骨头似的，有点撑不住的感觉。

"船长，我建议您听从副船长的建议，眼下是非常时期，一定要先保存自己，俗话说留得青山在……"那个讨人嫌的超级计算机又插话了。

我再度义愤地说："那个参谋长先生呢，他怎么办？"

"我对此感到很难过，并向他的献身精神致以崇高的敬意。"飞船装模作样地说。

"我要补充一点，"巴迪说，"在北非战区的时候，这位参谋长先生做出过一个非常错误的判断，导致了数十名兄弟无谓牺牲。当然我并不是以此来报复他，不该把我想得这么卑劣。之所以第一个选中他，完全是因为他的名字，按字母表顺序排在第一位，仅此而已。"

我的胸腔起起伏伏，终于攒够了力气，喊了一句："这是谋杀！"
然后我又晕了过去。

那是一种急切地希望别人把你从梦中唤醒的感觉。

我好像睡着了，仿佛是梦但又说不清楚。有一种十分逼真的感觉，我觉得自己在翻动，但在更深层次上，又很清楚地知道自己并没有动。我感觉自己被人捆绑起来，动弹不得，却又好像变成了木偶受人操控，被不停地摆动……似乎我已灵肉分离了。有一种极其可怕的梦魇压在我身上，令我呼吸急促。我挣扎着，最后以全部力量做抵押，绝地一搏，于是我醒来了。

睡眠麻痹。

我看见一个滴瓶，里面装着透明的溶液，正一滴一滴地顺着导管流进我的身体里。

瓶子里的溶液已经快要滴光了，我的大脑好像被一双有力的大手反复揉搓过，一团乱麻，隐隐约约感到有点痛，全身都很松软，但不是特别虚弱了，虽然肚子里还是空的。

我用了一分钟梳理着纷乱的思绪，然后回忆起一切。

我猛然坐起来，右手一把抓住左手背上的针头，迅速一拔……

"嘿，船长，你可不能这样……"无所不能的超级计算机惊呼了一声。

"闭嘴，你这蠢货！给我一块干净的棉花。"我有力气大喊了。

桌子上弹出来一个活动门，里面有干净的棉花。我拿了一块，在左手背的针眼上按了一会，然后扔掉了。这时候巴迪又出现了，一脸冷漠。

营养溶液"滴答滴答"流淌着。

"你对我干了什么？！"我的胸腔剧烈地起伏着，快要爆炸了。

巴迪一句话也没说。

"你怎么敢这样对我！"我，我，我已经……

"杰克，"巴迪非常非常严肃地对我说，"你真的让我很为难。"

"什么？"我惊恐地问。

"作为船长，你在最危急的时刻却不肯负起责任，而是只顾着自己的良心，竟然还以你的道德为借口昏厥过去，逃避了选择。而我，"巴迪仰起脖子，一副"引刀成一快"的慷慨悲壮模样接着说，"我不得不面对选择：要么见你活活饿死，要么拯救你，以你不认可的方式。杰克，你让我陷入两难的境地，自己却睡得那么香甜。如果我见死不救——我当然不会那么做——会有人赞扬我，说我保全了你的贞洁，成全了你的美德吗？见鬼！必须有人作出牺牲。我就不明白，为什么那些家伙可以溜之大吉而我们还得拼死拼活？为什么他们可以躺在培养皿里睡得好好的，我们却要面临着上帝的考验？你说这是不是活见鬼了？去他的，别管那些妖怪了，我们活下来才是最急迫的事。我，还有你，都得努力活下去。"

传来一声啜泣，飞船哭着说："巴迪，我被你感动了。"

我彻底迷糊了，被疯子巴迪这真真假假、虚虚实实的蛊惑弄得五迷三道。我心里又是气愤又是懊悔、又是感动又是悲凉，各种滋味喷薄而出。这小子在撒谎，他说的全是扯淡，根本无须证明，任何有理智的人都知道那是一派胡言，但是他说得又合情合理，让我不知如何辩驳。不管怎么说，一件后果很严重的事情已经发生了：巴迪把营养液输进了我的血管，救了我一命，我活了下来。同时，我也"吃"了陆军参谋长！

虽然还有习惯性的厌恶，但木已成舟，仿佛也没有预想的那么可怕。除象征意义上的罪恶引起的心理反感以外，简直感觉不到什么生理上的极度强烈的排斥反应。毕竟，我没有直接用牙齿啃噬同类的血肉，吞咽，然后进入胃和小肠，最后变成粪便排泄掉。毕竟，在操作上用滴瓶的方式要文明得多。巴迪尽可能地照顾到了我的感受，用这种最高级的方式最大程度地淡化了，甚至可以说消除了与"吃人"这个词相关联的全部感性层面的恐怖。如果真的是一种罪孽的话，这是一种干净澄清的罪孽、单纯透明的罪孽、没有血污的罪孽。

可是难道我的道德如此虚弱，仅仅因为形式上看起来比较能让人接受，所以就对实质性的罪恶给予了额外的宽容？难道我竟是如此的伪善、如此的经不起考验？……天啊，我已经晕了。我本来坚定不移地相信自己是正确的，可是如今我开始惶惑，我不能确定巴迪的话是不是真的有那么一点道理可言了。总之，我无力再去指责他，深沉的感激和习惯性的罪恶感纠缠着、交织着向我袭来，让我不知道如何是好。为了打破僵局，我假装笑了一下来表示和解："我得感谢你没有把我扔进紧急设备。"

巴迪一脸不在乎地说："如果你一直都不肯苏醒过来，那是迟早的事。"

人与人之间要想达成共识是非常不容易的。基本上，由于我们的自以为是，完全共识是不可能的。比如，在"吃人"这个问题上，我恐怕要带着深深的愧疚和自责了却余生，而巴迪却丝毫不为其所困，豁然坦荡地说："别放在心上，在这里一切都不存在，当然也不存在罪恶。"也就是说，在这个鬼地方什么都不必担心，连上帝都无权过问这里的事，因为这里根本什么都没有，一切都是虚无，吃掉一个陆军参谋长完全算不了什么。

这样想，整件事的思路就清楚了：臭狗屎战争，灵肉分离，硬盘上的灵魂，培养液中的躯壳，该死的紧急设备……虚无主义的身影贯穿始终，最后我吃了人，以一种相当高级的方式实现了虚无主义的最终胜利。我既是被征服的失败者，也是胜利者的帮凶和见证人。这是一次修炼，某种力量苦心孤诣地制造各种磨难，就为了证明巴迪那句"宇宙是虚幻的"。

多么惊人的阴谋！

难道冥冥之中真的有什么在主宰着我们的命运？

我感到十分震惊。

然而，神学不是我的专长，我只想离开这里。

遗憾的是，我在这件事上无能为力。

假如你告诉我，坚持做一千个俯卧撑或者四十八小时不睡觉，日夜不停地用头撞墙，甚至坐在武装直升机上用机枪向南极无辜的企鹅扫射就可以使形势有所改观，我至少知道能做点什么，还可能考虑一下，可是眼下我却一点想法都没有。我们的飞船扎扎实实地停在一片无尽的、漆黑的虚空中，甚至连舱门都找不到。

"巴迪，我们得想想办法。总不能这么……"我发现自己的话非常苍白无力，但我仍然努力让措辞准确而又不失厚道，"总不能这么坐吃山空啊。"

说这话的时候，我们两个已经在一种心照不宣的暧昧气氛中卡路里化了一名海军准将、两名有雄厚背景的国会议员以及一名非常可敬的副国务卿先生，快要轮到劳力那个老混蛋了（这当然是让人很扫兴的事），总统先生和其他人因为起的名字得天独厚，所以比较靠后，暂时还算安全。不可否认，盟军方面还是遭受了严重的损失。

"嗯，"巴迪将脑袋歪向一边，一只胳膊支着头，"我最近在思考一个问题，嗯……但是还没想清楚，不必着急，会有办法的。"

"绝对不必操心，打起精神来，船长，一切都会好起来的。"飞船又叽叽歪歪地说。

我满腹狐疑：他（他俩）好像又在玩什么花样，难道已经有了什么主意不成？这家伙始终不慌不忙的，好像一切都在他的预料之中一样。这更让我担心，并且不爽。

巴迪忙得很，他要一边和我说话，一边进行着严肃而巧妙的思考，同时还要专心致志地制作"能量皂"。这是他起的名字，为了淡化它可怕的实质。飞船说我们还有大约360磅的动物脂肪，除了我和巴迪身上的，我们还剩下将近300磅的油脂。这些天，我们一直对营养液进行脱脂处理，这样不但有利于降低我们的血脂，而且可以把这件事最耸人听闻的一部分独立出来，仿佛我们真的是以一种神圣的形式和我们可敬的同胞结合在一起了。为了不让那些油脂看起来太恶心，超级计算机把它们进行了硬化处理，看起来像是一块块透明皂。老实说，这让我毛骨悚然，因为据我所知，20世纪人类的血腥史上曾有过类似的事情发生。不过巴迪给它起了个"能量皂"的名字，以便使整件事情的感情色彩温和一些。我和巴迪达成共识：除非逼上绝路，绝不动用这些紧急储备。

现在，我已经习惯了每天和滴瓶为伴，同时幻想着撕咬咀嚼一块牛排，但这种体验并不愉快。随着头头们一个个进入了我的血管，我渐渐同意：这并没有主观臆断的那么糟糕。类比第三共识，我们可以猜测，善和恶是两个绝对不相容的世界，但是在意外的情况下，它们会发生瞬间的关联，而这种事发生的概率非常之小，小到不可能，结果就……这种想法对我的冲击相当大，也许我真的应该利用这个100亿年来难得的假期，好好放松一下，反思一下，重新认识这个宇宙和人生。

可是，时不我待，我们已经干掉了劳力（悲哀，实在是悲哀），消灭了三名国会议员，马上就要对总统先生下手了。毋庸置疑，这种对人类尊严的侮辱，已经到了无法再容忍、非改变不可的地步了。如果说这件事还有一个最后关头的话，那就是现在。

必须离开！这种想法像熊熊燃烧的烈火一样，烧得我整个人噼里啪啦的。我这座火山要爆发了，再也……再也不能坐以待毙。飞船上还有武器，哪怕耗尽我们全部的能量和最后的激情，也要拼死一搏！宁可化为乌有，也要向这瓦解一切意义的虚空开战！我要让所有人振奋精神，要一刻不停地尝试，不论经历多少失败，不论付出多大代价，我们都在所不惜！我要向这该受诅咒的暗夜射出最猛烈的炮火，炸尽所有的黑暗！即便最后不能赢得光明的到来，也要在死前爆发出最猛烈灿烂的瞬间……

这时候，巴迪郑重其事地对我说："杰克，我想是时候离开这里了。"

我不明白"是时候"这个词究竟暗示着什么，这混蛋一直有事瞒着我，这让我再度愤慨，我以船长的身份命令他给我个说法。

巴迪故弄玄虚地沉默了一会儿，然后抬头看了一眼电子钟上的时间，双眼好像灯塔一样照耀着我："杰克，你想不想离开这里？"

我毫不犹豫地回答："想！"

"有多想？"那对灯塔此刻变成了两团火球。

"恨不得马上就走，再多待一分钟我都会发疯的！"一想起那些能量皂，我就要揪自己的头发。

"很好。"巴迪笑了一下，转头问飞船，"你呢，伙计？"

"我已经等不及了，亲爱的。"飞船跃跃欲试地说。

"好极了。"巴迪打了个响指，"那么，就照着咱们说的干吧！"

我愣了，不知道他们俩又背着我密谋了什么。正当我困惑的时候，飞船里突然暗了下来，照明灯全关上了，只剩下一排红红绿绿的小灯在闪烁，然后突然响起一阵阵击掌声，接下来是一个男人嘶哑的歌声："Buddy, you're a boy, make a big noise…"①

噢，不，不，上帝啊……巴迪，巴迪，你这个混蛋，你知道我一听到

---

① 这是皇后乐队那首大名鼎鼎的《We Will Rock You》的第一句。

这首歌就会热血沸腾的。

"来吧，一块唱！"巴迪说着闭上了眼，激情四射地跟着大喇叭怒吼，"We will rock you!"

于是我不由自主地闭上眼，在这振奋人心的旋律下一同怒吼："We will, we will rock you! We will, we will rock you!"

我的身体开始发烫，滚滚热血在体内奔腾不息，胸中复仇的火焰熊熊高涨，我要烧光一切腐朽和堕落！我要怒吼！我要高唱！我要爆裂了！

"杰克！"巴迪冲着我大喊。

我睁开眼，头还不停地跟着摇滚乐疯狂地摆动，这时候要是给我一个火箭筒，我敢给阎王殿来上一炮。

巴迪看了一下电子钟，上面显示着23：59：35，然后对我喊："你想不想回家？"

音乐也渐入佳境，电贝斯的声音响起，高潮就要来临了。我有点喘不过气来，一边舞动着双手一边点头。

"那就跟我一块唱吧。Everybody, we will, we will back home!"①巴迪的脖子也跟着音乐扭动得更厉害了。

我什么都不管了，声嘶力竭地高唱着："We will, we will back home!"BACK HOME! BACK HOME! BACK BACK BACK HOME!

在时钟变成00：00：00的时候，最疯狂的高潮也来临了，我们三个用尽全力喊了出来，而巴迪则不失时机地按下了飞船启动跃迁的按钮。

当照明灯重新亮起来时，飞船忽然轰鸣起来，所有设备一起开始运转。远远近近的恒星、行星、流星统统再次出现的时候，我激动得热泪

---

① 这里巴迪把"we will rock you"改成了"we will back home"，意思是"我们要回家了"。

盈眶。

巴迪真是好样的，他竟然没有哭，而是在狂笑："哈哈哈，真带劲！"

就好像什么都没有发生过一样，就好像我们根本没有消失过一样，一切都回来了。我们又出现在当时消失的那个地方，周围众星捧月般跟着大大小小的宇宙难民船、太空海盗船以及一艘敌方失散的战斗艇，迎面扑来的还有两颗自由女神像那么大的陨石。再见到你们太好了，亲爱的朋友们，我爱死你们了，非要把你们炸个稀巴烂不可。

我擦了擦眼泪，擦干我的多愁善感，命令飞船向周围这些忠实可敬的朋友们开炮致意。于是，全宇宙最王道的"国平一号"大发神威，把它积攒了很久都无用武之地的英雄本领发挥得淋漓尽致。我们击碎了陨石，重创了海盗和敌艇，顺便洗劫了难民船。我们牢牢控制了局面，神气地发出通牒：所有飞船都必须交出20%的口粮，否则后果自负。

这下子我们可谓大丰收，所缴获的三个小型太空漂流舱内的食物，几乎囊括了各个星球的特色风味小吃，我们终于可以不再往手背上扎针头了。我被大伙儿的慷慨感动得一塌糊涂，真诚地通过无线电向他们致谢："我代表总统先生向你们表示感谢，你们救了盟军，救了整个宇宙。以后你们要和睦相处、同舟共济，绝对不可以相互争斗，须知生命是神圣美好的。我命令你们相亲相爱，如果谁敢不听我的话，我迟早会回来收拾他的。"

然后我们开足马力，溜之大吉。

"盟军战舰洗劫难民船，这消息足够登上《银河周刊》的封面文章了。"后来说起这件事，巴迪还是乐不可支，连嘴里的火星咖啡都喷出来了。

我随便应了一声，冷冷地盯着巴迪，疯子巴迪，不，也许应该叫魔鬼巴迪更好。这家伙不是一个活生生的人，绝对不是，他分明是一个活生生的恶魔！现在我们平稳地行进在貌似安静的太空中，是时候解决现下的问题了，在我们到达"边疆四号"之前。

于是我敲了敲桌子，严肃地说："飞船，我警告你，下面的谈话中，你不要插嘴。"

"哦，船长，你可真狠心。"飞船委屈地嘟囔道。

"好了，巴迪，现在该你了，我想你最好给我解释清楚，这究竟是怎么回事？"我努力把双眼变成两把剃刀，逼向巴迪的咽喉。

"什么？"巴迪应该去做个演员，那种装傻的天赋真是少见。

"别装蒜了，自始至终，你对发生的事都清楚明白。你自信非凡，对情况了如指掌。你什么都明白，什么都算计好了，却对我守口如瓶！你背着我一手策划了逃离方案，而且成功了。这全都是你安排好的，对吧？哦……天啊，没准儿连最开始的事故都是你安排的，这是一场阴谋对不对？"我越说越激动，唾沫星喷出来溅到了会议桌上，我被自己都没料到的推测吓呆了。

巴迪一语不发，眯着眼打量着我，良久才开口："简单点，杰克，你想问什么？"

我喘了口气，想了一下说："我们是怎么出来的？"

"你说，出来？"巴迪嘴角露出一丝微笑。

"是的！什么《We Will Rock You》，什么零点时刻，全都是障眼法对吧？装神弄鬼的骗人把戏！说真格的，我很佩服你，不过你最好还是告诉我究竟是怎么出来的，要不然……"我也不知道要不然我会怎样。

"出来？得了，杰克，你一直都没弄明白状况。"巴迪还在卖关子。

"什么？"我火了，谁都看得出来，我现在特容易上火。

"你忘了，那地方根本不存在。"巴迪这句话最让我来火。

"那又怎样？"我气哼哼地问，同时握紧拳头，准备随时一拳抡过去。

"所以，"巴迪耸耸肩，"我们根本就没有进去过。"

这个混蛋就是这么回答我的："其实我一直在想，既然那个地方是不存在的，我们就根本不可能进去过，所以也不用出来。这可不是瞎掰，也不是玩弄字眼。这是逻辑。既然它是在数学上计算出来的，就必须按逻辑来办事。"

"可是怎么解释发生的那些事？培养皿里的人可是实实在在地被卡路里化了。"一提起这件事，我就感到深深的不安。

"这个，确实很复杂。这里的逻辑有点乱，因为第三共识说明两个独立的世界有可能瞬间接通，可第三共识本身就是矛盾的。它能计算出这件事发生的概率，但这个数值太小了，10的负几十次方。这是什么意思？也许可以这样理解：在10的几十次方次实验中，可能出现一次这样的结果。我们假设宇宙诞生了100亿年，这样看来也不是完全没可能。只要有一个人，从开天辟地那一刻开始就不停地做这个实验，每隔一微秒就做一次，做上100亿年，也许真的就会出现一个不可能的结果……"巴迪一脸虔诚和敬畏地说，"你知道这意味着什么吗？"

我一阵惊悚，抬头看着舱外茫茫的宇宙，呆呆地想了一阵，然后迷离地说："上帝？"

巴迪打了个响指。

我被震撼了。

不错，用"上帝"这个概念来解释发生的事无疑是一种最方便的办法，但是，我对这个概念一直无法理解。我并不相信上帝，在我看来宇宙不过就是一锅"咕嘟咕嘟"冒泡的粥。作为一个渺小的生物，一个极度渺小的生物，我只愿意理解和我的尺度相匹配的事物，我也只对这个层次上的事情负责。至于其他，都随他去吧。也许宇宙中有更高深莫测的存在，真的能操纵我们的命运，但是既然是高深莫测的，也就不必劳烦我去思考这种东西。敬畏也就意味着一定程度的可理解，在我个人看来，这和"上帝"这个概念应该对应的、绝对的高深莫测是相矛盾的。因此，"上帝"应该是个完全不可操作的概念，因此我不必费心地想我该怎么对待他。假如我将来会下地狱，那时候我再去考虑那个尺度范围内的事吧。

难道我才是个真正的虚无党？

总之，我对巴迪充满怀疑："小子，别告诉我说你一下子变成了信徒。"

"我会考虑的。"巴迪开玩笑地说，"我只不过借用了这个词的一般意义而已。而且这也不过个猜测，甚至完全可能是我们俩神经错乱下的胡思乱想。关于这个……"

"够了！"我打断他，"说重点，怎么跑出来的？"

"简单地说，回想一下出事的时候你在干什么？"巴迪切入正题问我。

我想都没想就说："还用问吗？当时咱们为了摆脱纠缠，不是进行了一次量子驱动嘛，然后就陷进去了。"

"没错，当你按下按钮的时候，你脑袋里在想什么？"巴迪津津有味地问我。

我愣了一下，没有回答。

"我打赌，你肯定想'让这一切都见鬼去吧'，对吧，杰克？"巴迪笑嘻嘻地看着我。

我咂咂嘴，不明白他的意思："那又怎样？"

巴迪耸耸肩："很不幸，我当时也是那么想的。"

飞船叹息了一声："真抱歉，我也是。"

这就是巴迪给出的解释：在驱动跃迁发生的那一刻，我们仨的脑袋里很不巧地都在想"让这一切都见鬼去吧"，结果好像真有个人听见了这个祈祷，一高兴就把我们送到了一个鬼都见不到的地方（一个不存在的地方）。我们被存在抛弃了。当时的时间恰巧是00：00：00。经过思考，巴迪认为既然我们已经受了折磨，付出了代价，只要真心实意、发自肺腑地想要重新回到那个需要忍受各种折磨的、真实存在的世界，我们就能够回去，所以我们应该热情地高呼"we will back home"，就这么简单。

纯粹是造谣！

我一点都不信这一套说辞。只有一点是可信的：从技术上来说，既然不存在是绝对不存在的，不管我们在不存在中耽搁了多久，在存在的世界看来都是0，所以要想回到存在，应该选择在消失那一刻的时间，这样才能保证我们回来的时候，一切能够从暂停的那部分完好地衔接上。所以我们重新出现的时候，一切如故。这也解释了我们被困在里面多次尝试都失败的原因：我们没有选择正确的时间，就像保险柜的密码锁没有调到正确的位置上一样，因此被卡住了，打不开了。

以上这些就是巴迪的看法，当然都是赤裸裸的谎言，绝对没人会相信。巴迪自己也拍着我的肩膀安抚我说："别太为这个操心了，杰克。冥思苦想不是你该干的事，我们还在路上，你还是船长，要弄清你的责任，所以，做你该做的事吧。"

这句话很管用，我被他感动了。他真是个好人，不，好疯子。我激动地望着巴迪："可是……你刚刚说的那些……该怎么办？"

巴迪满不在乎地一摆手："这一切纯粹是巧合，我们运气好，误打误撞而已，我编了个故事逗你开心罢了。"

"那……上帝呢？"我小声问。

巴迪露出迷人的超现实主义的微笑："别管他，让他歇着吧。"

"这就是你们的解释吗，中校？"劳力的声音从大喇叭里传出来，好像压路机一样从我忐忑不安的心上压了过去。

可怜的老家伙，我还是觉得有点对不起他，要是巴迪能早点发现普朗克之结的秘密，哪怕早上那么几顿饭的工夫，我们也绝不会碰他一个指头——谁愿意和这家伙融为一体呢，可是如今一切都晚了。即便我致以几万分的歉意，也不可能把那具和他相依为命了五十几个春秋的躯壳还给他了。瞧，战争就是这么残酷。

我知道这件事很离谱，要这些心高气傲的老头子、半老头子们接受这一残酷的现实肯定没那么容易，所以我把整件事原原本本地做了一份报告（措辞严肃，尽量少用过分的形容词），不动声色地发送了过去。他们看了一定会暴跳如雷，恨不得把我和巴迪千刀万剐。然后他们会慢慢冷静下来，认识到这种不值得提倡的情绪对谁都没有好处，最后决定跟我们谈谈，而我们要做的就是耐心等待，把这件事了结。

"不管你们是否愿意相信，这就是真相。"反正他们奈何不了我，我的口气沉着得有些嚣张。

"好吧，"劳力的声音听起来那么疲惫，就好像被这场沉重的暴风雨打蔫巴了，一下子苍老了许多，当然这都是扯淡，因为他现在根本就是一堆0和1罢了。

此刻这堆0和1又开始蒙人了："你们说的情况引起了一些人的兴趣，他们认为这很有战略意义，所以决定对你们的失职行为不予追究。"

哦哟，我快爱死他们了！"失职行为"，多么严谨的措辞。

"上将先生，我想你们弄错了，我们不是来和你们谈判的，更不是来求得宽恕的。"

我感到一种由邪恶引发的强烈快感。不错，我早就渴望有机会这么做了（趾高气扬地冲着这个老混蛋放炮）。这感觉一定没的说，反正我们现在坐在全宇宙最牛的"国平一号"上，处于量子防御状态，只要我们高兴，谁都找不到我们，所以我的底气更足了。

"作为一个和阴谋长久打交道的人，你不会指望我相信那套特赦的鬼话吧？就算你给我看总统先生亲自签发的特赦令（上帝保佑，他还在我的飞船上沉睡，平安无恙），我也有理由相信你们会用其他的手段毒害我们的。我们的经历也许让我们一时半会儿对你们来说还有点什么战略价值，但是，打住吧。老实说，我已经受够了这一切！"

说着，我回头看了一眼巴迪，他正在张大嘴巴发愣。瞧，我也有让人吃惊的时候，这感觉妙极了，我还要继续下去："让你们的这场狗屎游戏见鬼去吧！你们要是不思悔改，早晚有一天也会被抛弃到那个一切都不存在的地方去。而我，各位可敬的先生们，现在可不想再奉陪了。一句话，老子不跟你们玩儿了！"

长久的沉默。

狡猾老辣的劳力练就了临危不乱的本领，因此能够沉住气不慌乱，即使经过我的百般刺激，即使变成了一堆0和1，他还能尽量冷静地问："那你们为什么还要冒险回来呢？就为了耀武扬威吗？"

"冒险？不，你错了，上将先生，一点都不冒险。首先我们处于量子防御状态，而且，我在报告中说了，我们已经发现了随意出入普朗克之结的办法……"说到这，我停了一下，冲巴迪眨眨眼，然后继续我的精彩

Show Time[1]，"所以你们就省省心，别想报仇，还是多想想自己吧。我们回来是出于责任心，我得把总统先生和剩下的两位上将交还给你们，你们应该庆幸我方指挥层还没有全军覆没，完全有东山再起的可能。我曾经投过总统先生一票，所以叫他千万别生气，都是没办法的事。除此之外，我还有一个盒子，里面装着十几块方方正正的能量皂，乃是各位的精华，上面都标了名字，给你们做个纪念。我会在适当的时候寄给你们，请注意查收并保存好。最后，我很高兴有机会亲自对你说：劳力，你是个老混蛋，地地道道的老混蛋！不过我还是要请你原谅，真心实意地向你道歉，我把你给吃了，这不是我的本意。对不起，上将，也许你将来能找到一副更适合你的躯壳，也许那时候你会尝试着做个不那么让人讨厌的人。另外，请代我向其他人致意，告诉他们，我非常抱歉。就这么多了，永别了，各位。"

我已经如痴如醉了。

那堆可怜的0和1，除了喘息，一句话也没有。我关掉了话筒，结束了这一切。

巴迪已经目瞪口呆了："杰……杰克，这和我们当初计划的不一样。"

我们当初计划跟他们谈判，尽量争取和平地解决这个尴尬的问题。而这时我神采飞扬地告诉巴迪："我灵光一闪，改变主意了。好了，同志们，我们自由了！咳，飞船，我把你劫持了。"

"荣幸之至！"飞船高兴地说。

我从来没有感觉这么好过。我乐呵呵地问巴迪："如果你想回去，我可以找个港口停下来，你可以在那里下船。"

---

[1] Show Time：表演时刻。

巴迪微笑着摇摇头，然后兴致十足地问："以后我们怎么干，船长？"

"我想我们可以把飞船改装一下，让谁都认不出来。以后，我们可以去打家劫舍，或者给别人押镖，或者专门打击海盗劫富济贫，甚至可以去当雇佣兵，反正我们连洗劫难民船的事都干过了。没有什么可以担心的，宇宙这么大，世道这么乱，我们会如鱼得水的。飞船，你是最棒的，没什么干不了的，对吧？"

"那还用说，船长！"飞船骄傲地回答。

巴迪望着舱外茫茫无边的世界，低着头，不住地笑，然后歪着头问我："杰克，从一上船，你就喜欢上这艘飞船了，对吧？"

真是见鬼了，什么都逃不过他的眼睛！

"谁知道他们怎么想的，把这么响当当的好东西交给我。"我装作纯真无邪的样子摇摇头。

"因为你一向忠诚老实、规规矩矩，从不越轨。正因为这个，他们觉得你可靠……所以你从一开始就计划好了，偷走飞船！"

"咳咳，"我咳嗽了一下，"别把我说得这么坏。我们干了那么多疯狂的事，可得好好反思一下。在普朗克之结的时候，受你启发，我更坚定了我的想法。总之，现在我们获得了新生。未来的路还很长，我们要共患难。"

"没错，我们永远是一条船上的。"飞船庄重地宣布。

巴迪善解人意地笑了笑，然后仿佛不经意地问："对了，你刚才说我们可以自由出入普朗克之结？"

"哦，那个，"我一边命令飞船做好出发的准备，一边心不在焉地说，"我在报告中是这么说的，不过是吓唬他们罢了。那种绝不可能发生的事，但愿别再发生。你当然知道我们不可能随心所欲地……"

巴迪神秘地一笑："你真的这么想？"

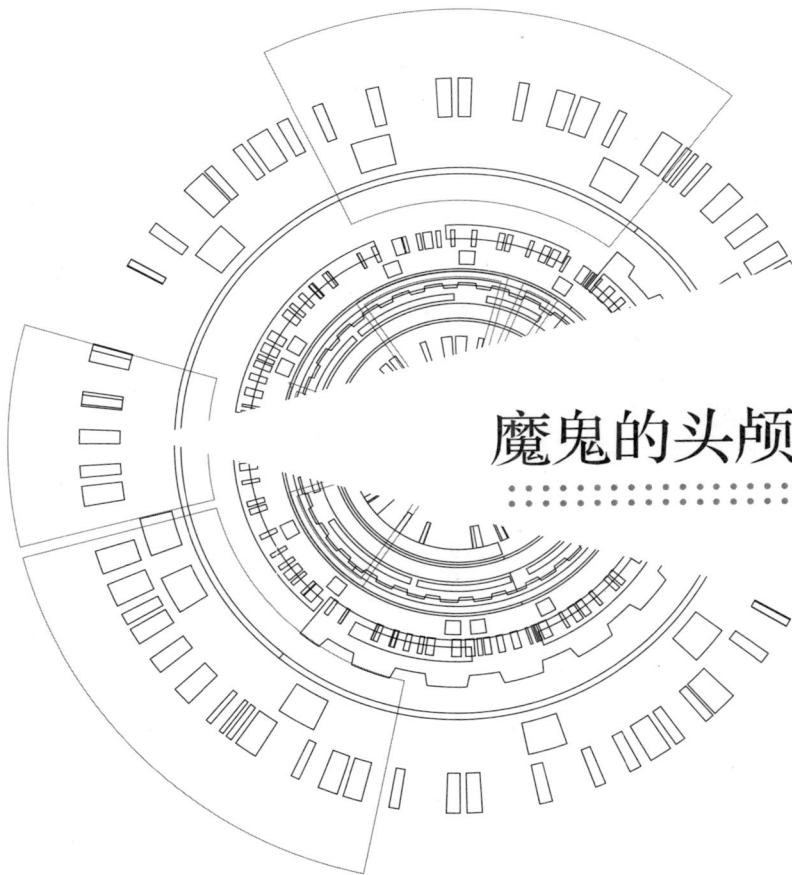

魔鬼的头颅

　　辛曼将军，人称魔鬼辛曼，被指控犯有反人类的罪行。如今他被装在一个小盒子里，放在被告席上等待国际法庭的审判。

　　历史上曾有过许多试图通过消灭一个人来改变一场战争的情况，但多数以失败告终。那些具有高尚道德情操的亡命之徒留给后人的往往只是一具象征着失败的尸体和一些混杂着恐怖主义及爱国激情的民间故事。不过，凡事总有例外，辛曼将军的好运在他掌权长达几十年之久并犯下种种骇人听闻的罪行，且从若干次传奇性的暗杀中脱险后，终于到了尽头。几个决心舍生取义的虚无主义分子经过周密的策划，成功地通过自杀性袭击炸毁了辛曼将军的秘密专列，忠诚的整队禁卫军也追随着将军共赴黄泉了。爆炸现场惨不忍睹，所有人都被炸碎了，正义和邪恶彼此纠缠在一起，虽然混合得还不够均匀。

　　归功于非凡的保护措施，将军的大部分身体幸运地保留下来了，唯一可惜的是他的头颅不知所踪。后来我们才从《全球时报》上得知，爆炸地点的附近恰好坐落着莱恩教授任职的那所国际脑科学研究院。当时教授正从手术台上走下来，准备到户外呼吸一下弥漫着战争腐朽酸味的空气。这时一声巨响，脚下的土地和医院的老式玻璃窗一起震颤。莱恩一抬头，就看见天上飞过来一支半自动步枪、几枚帝国荣誉勋章、一顶被血玷污的军帽和一个长得不是很完美的脑袋。出于职业习惯，教授躲开了那些充满象征意味的物体，一把接住了那个脑袋，不假思索地跑进了自己的研究室。

　　教授没有多想，立刻实施了开颅手术并进行了专业化的检查。动作干净利落，很快得出结论：虽然那死不瞑目的双眼早已失神，但是颅腔里的大脑仍然是活着的。教授把因受震荡而短暂昏迷的脑组织小心地取了出来，安置在自己配置的培养液里。

　　所有报纸连篇累牍地报道了这次暗杀事件，莱恩教授也是从当天晚报上知道的发生了什么。魔鬼辛曼身亡的消息鼓舞了世界各地被迫害的人民。虽然几乎立刻就有另一位"辛曼将军"出来辟谣,但是盟军已经发布了官方消息,证实了这一次被干掉的确确实实是辛曼将军本人。教授放下报纸,去研究室仔细地研究起那个已经空了的脑壳,认出就是这个等待腐朽的器官曾在24小时之前发表过一番煽动民族狂热的演说。

教授在胸前画了个十字。

经过一番深沉的思考,莱恩最后认为,媒体关于辛曼身亡的报道在修辞上并无不当之处。作为科学家,自己虽然对事实的真相负有责任,但同样应该为人类的和平着想。鉴于目前复杂的形势并充分考虑到自己在这个领域里的权威性,在取得更多有益的进展之前,草率地把这颗炸弹抛给任何人都将是不妥的行为,相信盟军方面也会赞同他的决定。

教授的专业是研究人类和各种动物的大脑,并在脑生理学、脑机械学和电子电工器械学方面颇有研究。莱恩一边忙着给这个沉睡的大脑配置一些必要的装置,一边关注着每日战报。电视上的辛曼将军仍旧在各种重要的场合露面并且发表着那一套没人再相信的鬼话,但是人们很容易察觉出他脸上的仓皇和不安。其实早有传言:魔鬼辛曼秘密制备了几个克隆体,并留下了一些关于重要问题的指示,以便身亡之后可以有另外的自己来接替他完成帝国的千秋大梦。不过现实总是过于复杂,战争的局面在扭转,对策绝不是一个傀儡可以在几份备忘录或者工具手册里可以查到的,毕竟,魔鬼可不是那么好装的。

能在战争最艰难的时期凑齐一套感官设备实在不容易。现在,有一台微型电脑连接在黑盒子上,用于各种信号的翻译处理。莱恩在仓库里还找到了一副老式耳机,如果让这个恶魔在一种立体声效果下直接对着自己的耳膜说话,他宁愿选择一对音质不是很好的喇叭,把麦克风当耳朵来用。由于没有很好的嗅觉识别装置,只好先委屈将军暂时忍受一下缺少鼻子的痛苦。教授终于完成了自己的秘密工作,于是决定唤醒这位一直泡在培养液里的魔鬼，他睡得够久了。

监测器显示，他醒了。

一番思量后，教授终于开口："您能听到我说话吗，将军？"

莱恩教授不安地等着，那个喇叭里却只传来一阵哗哗啦啦的声音。莱恩只好小心地又对着那个话筒说了一遍。

一阵沉默后，喇叭发出了低沉的金属音："你是谁？我在哪里？"

教授措辞严谨，而将军显然对当前的处境感到十分不愉快。不过他自始至终保持着令人钦佩的军人式沉着，只是在教授把事情基本解释清楚之后才有些无聊地说了一声："哦，想起来了，一次阴谋。"教授没有和他争论。

将军对自己的身体表示关心，教授遗憾地表示它应该已经腐烂掉了。盒子里的辛曼意味深长地沉默着。教授很关心将军目前的切身感受。将军显然有着可敬的洞察力，一针见血地指出："主要是视觉。我觉得自己得了老花眼，而且眼睛不能动。"

教授对此深表歉意，并解释由于战争期间物资紧缺，他只能找到这个低像素的摄像头。将军的通情达理令教授颇感意外："噢，人民的确为祖国付出了巨大的牺牲。"辛曼接着问教授对于战争有何看法，莱恩教授稍做犹豫后决定如实相告："糟透了，将军。"

辛曼对此很感兴趣，只不过他的喇叭声带并不能很充分地表达出来："难道您这样的精英，也不能理解战争的伟大意义？"

莱恩终于有机会和当事人心平气和地坐下来讨论一下这场灾难。教授说他一点也看不出来屠杀数万无辜者以及消灭那些和自己怀有不同信仰的人怎么能够弥补活下来的人们良心上的缺憾。辛曼将军则老调重弹，坚持说爱国主义的鲜花要靠鲜血来浇灌以及先知从不取悦世俗的道德等等。教授没有把争论继续下去，而辛曼将军则提出了更为实质性的问题："您打算把我怎么办？"

教授的意见是在战争结束之前将军最好留在这里。魔鬼辛曼立刻表示异议并试图鼓动教授的爱国心："人民需要我，我应该尽快回到一个身体里去，您也该为帝国的荣誉着想。"

教授平静而态度坚决地说："您大概忘了，我是一位科学家，并不需要考虑那样的荣誉。"

"您该不会也幼稚地认为，消灭了我一个人，就可以结束这场战争吧？"

"确实如此。"教授坦言。

"杀戮不会随着战争一起结束，因为仇恨永远存在。"

"但这并不能成为我放您回去的理由。"

"我还有继承者，他们甚至和我有同样的基因。"魔鬼辛曼最后一次恫吓道。

"可惜得很，您邪恶的灵魂却在这儿。"

不错，那些和魔鬼辛曼有着同样DNA结构的克隆体确实缺少了一个强有力的头脑。那些余孽虽然还在负隅顽抗，但是帝国的防线在收缩、物价在飞涨、货币在贬值，承受着磨难的人民已经开始不满，就像当初需要战争一样，人们如今又厌倦了它。精神瘟疫在蔓延，一切迹象表明，帝国开始全面崩溃了。

这些事是莱恩教授告诉将军的。教授虽然坚决拒绝解除对将军灵魂的禁锢，但是同意每天给将军读报，让他亲自见证自己一手建立的大厦如何一点一滴地土崩瓦解。"您看，没有一个帝国能永垂不朽。"教授读完当天的报纸后，摘下眼镜对将军说。

面对毕生梦想的破灭，将军也许十分心痛（假如可以这么说），所以在接下来的几天里，两个人（暂且这么说）陷入相当尴尬的沉默之中。想必，接替者的愚蠢以及自己躺在盒子里无能为力的现状都对将军的自尊心造成了重大的影响，因此将军决定不开口说话，以此表达对教授的强烈谴责。在这种令人压抑的气氛中，教授不得不借留声机往空气里注入一些悠扬小调。这些来自民间的甜美哀伤且如梦似幻的旋律播撒着一种世俗气息。教授听得非常开心，以至于一遍又一遍地用甜腻的民谣来调和着沉默，直到有一天盒子里的将军终于再也无法忍受这种与神圣高雅背道而驰的鄙俗艺术，不得不开了尊口："您能为我放一首莫扎特的交响曲吗？"就这样，两个人又重新恢复了交谈。

奇妙的是，从那之后，将军绝口不问帝国的事，转而同教授讨论起历史和哲学的问题。两个人经常就拿破仑和笛卡尔展开颇为有趣的谈话，这让教授多少有些吃惊。一天，教授告诉将军盟军已经攻陷了帝国的首都。辛曼听罢竟然无动于衷，沉默了好一阵子之后才开口："唉，让我来告诉您一个秘密吧。我毫不在乎了，现在一切都很好。我终于体会到一身轻松真正的意思了。您肯定还不能体验这种快乐，我认为我明白了一件重要的事：原来一切罪恶之源就是我们的肉体。饥饿、贪婪、淫欲、自私……所有这些邪恶的欲望一定源于这副血肉之躯。当亚当和夏娃意识到自己的肉体时，罪恶就产生了。这个故事的寓意显然应该重新加以诠释。当我知道自己还活着的时候，首先想到的是再回到一副躯体中，继续我的狂想曲。如今看来，那不过是欲望的一种惯性延续而已，而现在，任何事物都难以引诱我。因为我发现，以上帝的名义保证，我现在没有任何的欲望了。"

"您在告诉我，摆脱了肉身之后，您失去了往日的激情？"

"我想这对您来说会是个很值得研究的题目。"

教授深感震惊，并以一个医生的专业素养思索良久之后才感慨地说："看来，整个历史，人类所有那些英雄与恶魔、光荣与罪孽、伟大的梦想与卑鄙的阴谋，不过是我们体内激素的产物而已。"

战争结束了。

虽然各地还有一些游击队在进行破坏活动和恐怖袭击，但是盟军已经开始重建秩序。辛曼将军对此毫不关心，醉心于帕格尼尼的小提琴演奏，并建议医生对他提出的"肉体罪源说"进行适当的补充，因为他现在如果一天听不到美妙的音乐就会浑身无力（这是他的说法，教授还不能理解其中的准确含义）、精神萎靡不振。医生意识到在一些特殊的情况下，音乐也能像苯丙胺类化合物一样激起灵魂中的某种毒瘾。

摄像头的低分辨率图像并没有怎么削弱将军敏锐的观察力，所以有一天两个人讨论完荷马史诗中人神相互勾结的问题后，将军注意到了教授的局促，于是请他开诚布公。教授犹豫了一阵，最后采用了婉转的措辞："现在一切都已经结束了，我想我没有权利继续把您留在这里了。"

将军态度淡然："悉听尊便。"

教授似乎有些愧疚："希望您能理解……"

"理解。"很难想象这就是那个曾经让人痛恨的屠夫，眼下将军很善解人意地说出了令人感动的话，"您不必如此。要知道，我已经死了。现在我只剩下灵魂，无所欲求，也无所畏惧。"

经过无可挑剔的科学鉴定，官方宣布战犯辛曼的大脑仍旧存活。举世哗然。一部分人为之恐惧，更多的人则被激起了怒火。当初以为辛曼死得过分轻松而没有受到任何痛苦和惩罚的人，一致同意这回绝不能便宜了他。辛曼将军被指控犯有破坏民主、发动战争、屠杀无辜者等十项罪行，如今整套设备被装在一个1立方米的箱子里放在被告席上，陪在旁边的是特别助理莱恩医生。

辛曼将军对所犯罪行供认不讳。法庭裁定所有指控全部成立，但在如何惩罚这一点上出现了分歧。事关重大，人民被要求就此事发表意见。有些激烈的人要求死刑，但是多数人考虑到被告的肉体已经遭受过一次死亡，再次对其灵魂施以死刑是不人道的暴行。有人甚至提出，被告是以一个完整人的身份犯下所有罪行的，其身体纵然全部听命于头脑的指挥，但大脑最多也不过是个主谋者；如今其他合谋者都已经遭受到死亡以及腐朽的惩罚，对其大脑的量刑应该考虑适当的从轻发落。

作为一个很重要的见证者，莱恩教授的陈词得到了相当的重视。教授丝毫没有为之辩护的意图，但是他不加任何艺术处理所陈述的一切，尤其关于人体激素驱动历史的那部分理论，立刻引起了轩然大波。有人认为教授是变相为恶魔开脱罪责，因为这等于说真正的主谋是肉体，而大脑不过是受到唆使才控制不住地犯下罪行。教授没有与他们争论，只把自己知道的一切低调地陈述出来，剩下的事，他就操不了心了。

"真是对不住，"在大伙吵得沸沸扬扬的空当，辛曼将军在候审室里对莱恩医生表示歉意，"把您也扯进来了。"

"哦，这没什么。"对这样的争吵和指责，教授一贯处之泰然。

"您可听到什么风声？"

"这个，听说陪审团有意采取宽容的态度，也许是无期徒刑。"

"卑鄙！"将军扯着喇叭喊了一声，"他们是不是期待着我会忏悔，然后打造一个恶棍变圣徒的故事？不需要放风，不需要看守，甚至不需要一间牢房，半张桌子就够了！该死的，我要求死刑！"

教授不知该怎么安慰将军，他可以想象如果一辈子被关在盒子里，不能动弹，一直到死，是何等的不快。人们最多为他换一个可以转动的摄像头，可是即使能以360度的全方位视角自由地观察这个世界，也不会有丝毫的乐趣可以抵偿这种不幸。

"您可以帮我。"将军开始着手切实可行的方案了。

"我不明白。"教授困惑地望着自己亲手造就的这个盒子。

"我想，灵魂对环境的需要一定是非常严格的，需要微妙的平衡，甚至一滴稍微浓点的盐酸都可以改变这种平衡。对您来说只是举手之劳，对我，可是一种解脱。"

"天啊，"莱恩马上表示拒绝，"将军，我是个医生，我的职责是救人，可不是谋杀。"

"难道您忍心让我受这无尽的折磨？您不能否认我今天的不幸有部分原因归功于您。或者，和一个魔鬼同谋会让您难堪？"将军很懂得如何利用别人的脆弱，只是最后一句话有失公道。

医生沉默了。

整整一个下午，莱恩都在思索着自己造成的这一切究竟是怎样的不幸，思索着一个医生的职责究竟为何。那抽象的正义和略显温暖的人道主义之间的冲突从整个人类历史中蹦出来，压在他的心头。直到黄昏，他才作出了决定。

医生向将军阐述了自己关于良心和道德的观点，将军表示赞同，他们如往常一样聊得很投机，两人很快言归于好。

审判结果出来了，辛曼将军被判无期徒刑，直到脑死亡为止。盒子里的辛曼将军却一声不出。陪在一旁的医生解释说，将军大概对此很不满，似乎听凭发落并从此不再开口过问尘世间的事情。法官只是耸了耸肩。

莱恩教授把一些技术问题向几位专门为将军安排的医师解释了一番，并特别强调由于大脑的娇嫩，他们不能擅自打开盒子。交代清楚后，教授就在一大群护卫队的保护下回了家，因为游击队放出风来，宣称将对教授进行惩罚。莱恩进了房间后没有上床，而是直奔自己昨天收拾好的包裹。医生化了装，披上一件外套，里面有假护照和一些现金，他的一位朋友正在某一个隐秘的角落等着接走他。这时候一阵仓促的枪声打乱了他逃跑的计划，似乎有袭击者，不过很快就被护卫队消灭了。但不久医生就被请到了临时指挥现场，原来游击队采用了声东击西的方法，在派人袭击教授的同时，出动了一批丧心病狂的成员闯进了秘密监狱，劫走了魔鬼辛曼的大脑。

"我们本来想用一个空盒子把他们诱骗出来，不料弄巧成拙，被他们劫走了辛曼真正的大脑，显然他们有内应。"指挥官一脸严肃，"当然，他们的组织里也有我们的人。已经得到消息：游击队准备把辛曼的大脑移植到一个克隆体里，让魔鬼重生。"气氛空前紧张。

"我们必须在那之前找到并摧毁他们。"一位高级参谋说。

"政府已经特别批准：一旦发现辛曼的大脑及其克隆体，可以当场击毙。"指挥官解释道。

现场一片肃穆，几位可敬的专家立刻着手制订若干不同的方案，直到指挥官想起了医生的存在："哦，您可有什么高见？"

"这个，我认为应该立刻歼灭他们。"医生果断地表示，指挥官冷淡而礼貌地点点头。

后来的事大家都听说了：联军立刻果断出击，快速地找到并包围了游击队的根据地，一举将这些余孽彻底铲除。双方只进行了短时间的交火，军方吸取了教训，不愿意再节外生枝，用一颗导弹炸光了那里的所有威胁，包括辛曼将军屡遭磨难的大脑。

当这一切如火如荼进行着的时候，莱恩医生借着星光回到了家。脱下外套后，医生走进一间密室，小心地拿出行李，把一个铁盒子轻轻地放到桌上，然后拿起连接着盒子的耳机戴好。耳机里传来一阵低沉的声音："怎么样，莱恩？"

莱恩微笑着对着麦克风说："意料之外的顺利。那些狂热分子帮了我们的忙，魔鬼辛曼已经死在联军疯狂的炮火里了。这下子不用急了，过一阵子我就辞去职务，我想我们可以去美洲或者亚洲，那里我都有朋友的。"

"非常乐意。也许我们还可以继续讨论一下韩德尔和普鲁斯特。"

"很有意思，"教授微笑着说，"只不过，就为了一颗猪脑，实在用不着那么大动干戈啊。"

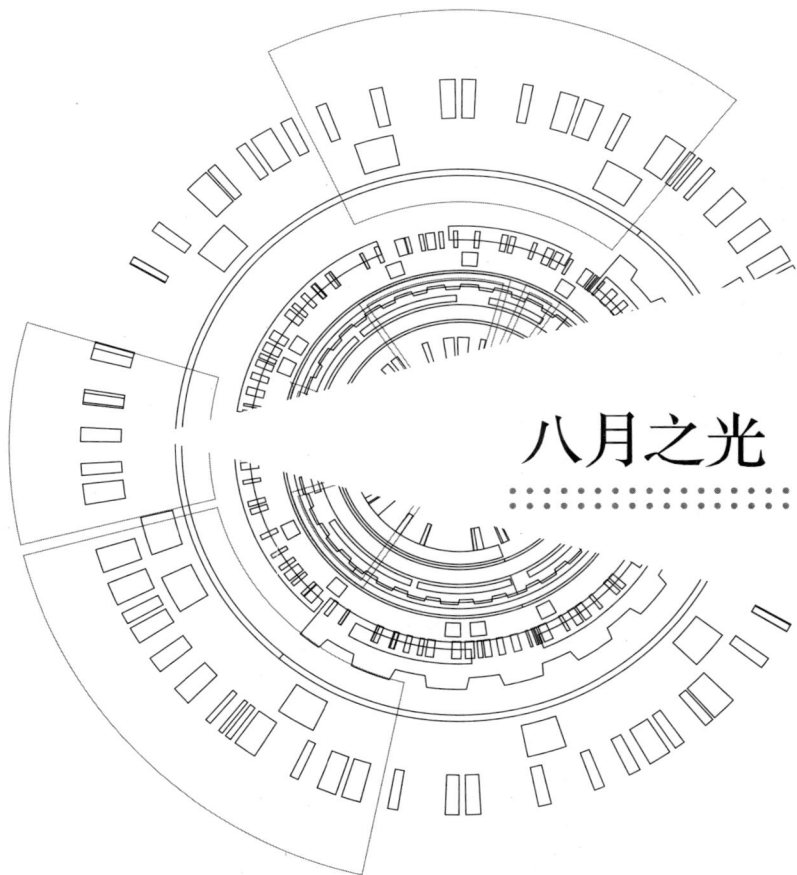

八月之光

雨一直下着。

"至少你会同意，死亡永远只对活着的人来说才是不幸的。"老黑抬头看了我一眼说道。

我坐在那里，脸上爬满了麻木不仁："我告诉你吧，每当有人自以为是的时候，我就很不开心，恨不能一枪崩了他。"

"而对我，尤其如此。"他把烟换到左手，用右手从怀里掏出一个东西，那玩意看上去就像个示波器。

"可以说这是个示波器。"老黑将右手放在一块触摸板上，"从这上面能看见一个人生命的轨迹。"

屏幕上出现了一个平面坐标系，一条曲线在跳舞，忽高忽低，然后渐趋平缓，近似直线。

"横轴是时间轴，纵轴你可以叫它生命轴。这个概念并不确切，有人说生命是大自然亿万年进化的一朵奇葩，给这样奇妙的东西建立数学模型，未免有点太不庄重了。"

我不动声色，枪就揣在怀里。

"我把它叫作拉普拉斯。"老黑面露醉意地说，"这东西很邪门，能把生命轨迹显示在二维平面上。看，在曲线的这些拐弯处，是我生命中的重要时刻。看，在这儿，"老黑指着一处波峰，"这一年，我的父母死于一场战乱，我一个人跟随着一大群难民越过边境，来到这个国家。而在这儿，"他指着另一处波谷，"这一年我加入了一伙探险者的队伍，决定去沙漠的深处寻找传说中的宝藏，结果被困在戈壁里，遇上了一群守墓者。他们守着传说中的王室之陵，我就是在那里找到了这玩意。"

"还有一堆财宝。"我提醒他。

"那不重要，"他摆一摆手，满脸不屑，"重要的是第二点：每一条曲线都会趋于平缓，也就是说人的生命指标再也没有变化。对此我想最合理的解释就是——死了。"他按下一个按钮，那段平缓曲线的起点对应的时间显示了出来：七月。

"这就是说，我活不过七月。"老黑叹了口气，"而今天是七月三十一号。如果再不发生点什么，就来不及了，所以当你坐下来时我立刻猜出了你的身份。"

一阵沉默。

"这么说，我来杀你，不是因为我正好接了这个任务，而是因为你注定要死？"

说得跟真的似的。

"或者这么说：因为我注定要死，所以才会有你这么个人存在，并且在某个恰当的时刻决定接受这个任务。"老黑把手从示波器上拿开，抬头打量着我，一脸讽刺。

我沉默了一会儿，琢磨着他的话，然后无所谓地说："了不起！"

"我也觉得离谱，但是那张羊皮纸上说这是来自高维空间的仪器！高维空间！在那里，我们无法知道的纷乱世事，都是那么简单明朗，明朗到了可以计算的地步，正如一个二维世界的圆，它可能活得有滋有味，却想不到在我们眼里它不过是一个等式：$x^2+y^2=r^2$。"

能让一个杀手吃惊，并不容易，他做到了。

窗外的雨停了。我没有说话。

"我们不过是复杂事物的三维投影罢了，没准儿，我们俩还是个统一体的不同侧面。多奇妙？我从不相信宿命。但是，这么多年来，我给许多人占卜过，没有一个人能逃脱这条曲线的预言。"

上帝为什么没有让他去当个神父？我要怒了。

老黑又掏出一支烟，从容不迫地点上了："请相信，一个快要死的人没有必要制造谎言。每一个被拉普拉斯预言过的人全都如期死掉了。当然，我没法证明给你看，但你可以自己测试一下，到时候你就会知道我说的是否属实。"

我心里一惊。

"不想知道自己的大限吗？在那之前，或尽情享受，或抓紧时间，最后在临终时坦然一笑，就像我现在这样。"

就像他一样！

他的眼神出奇的平静，我犹豫了。示波器在黑暗中发出柔和的荧光，我好像中了魔法一样，愣愣地将手放到触摸板上去了。

一条新的曲线，不安地跳动着，不断地变形，最后完全清晰了。

"我是一条抛物线？"我感到无比荒谬。

"嗯，在多维时空里，有这种可能。没关系，这不是一种很优雅的线条吗？看来你的生活比较纯粹和单调，总体上没有很大的变化，对于你这样的职业来说，这不难理解。让我们看看这唯一一次显著的变化。"说着老黑锁定了那个抛物线的顶点，抬头问我："九年前的一月，发生了什么？"

我立刻愣住了。

这不可能！

"发生了什么？"老黑如胜利一般，得意地微笑着。

"第一次杀人。"怎么可能！

他摊开双手："谁都可能经历不幸，这没什么，孩子。"没等我发火，他又低头调起了按钮，开始追踪。

"呵，八月。"

"什么？"

"八月。也就是说，你只能比我多活一个月，最多。"他有些幸灾乐祸。

我呆了足足有半分钟，然后突然冷笑道："我知道二极管很便宜！"

老黑叹了口气，摇摇头说："知道自己快要死了是件很令人难过的事，我用了很多年来习惯这个事实，而你只有一个月的时间。"

"快要死的人是你。"我把手伸向衣兜。

"没错，拉普拉斯预言了这一切。我活不过七月，正如你活不过八月。"老黑掐灭了烟头，将身子往后一靠，一副从容就义的样子。

我伸向衣兜的手登时停住了，我用力逼视着他："你在威胁我？"

"用一堆二极管？"老黑大笑起来，露出一口漂亮整齐的牙齿。这是他今晚第一次大笑，也将是最后一次。

我出离愤怒，觉得自己中了圈套。

"我向你保证，还没有过例外。当然，我们也许可以制造一个先例，我们俩合作，打破这个该死的规矩。"

我瞥了一眼墙上的挂钟，告诉自己不要乱想就没事的。我迅速地掏出手枪，对着老黑的头："给你一分钟的时间祷告。"

"你很清楚，如果你开枪，将承担什么。"老黑逼视着我。

我懂。如果我不在今天杀他，就制造了一次例外，于是就能证明他的"决定论"失败了，我也就不用担心自己会在下个月死去……

我中了诅咒，信不信，全看自己了。

"你愿意放弃自由意志，做命运的玩偶吗？"

我的大脑在飞转，进退两难："这是规矩？"

老黑突然狂热起来，两眼放光："考虑一下吧，未来掌握在我们手中。"

"是掌握在我手中。"

他不再说话，只是等着，等我决定。他的生死和宇宙的前程都在等我做决定，屋子里的挂钟还在咔嗒咔嗒地走动着，让人不安。

咔嗒……咔嗒……咔嗒……

"如果我在十二点一分的时候开枪，会怎么样？"我扫了一眼墙上的挂钟，还有一分半的时间。

老黑的脸像被雷劈了一样，然后便释然了，说道："高明！不过，你真的打算那么干吗？"

"当然不，我非要在今天杀了你。"

"为什么？"老黑"咕噜"一声咽了口唾沫。

"有些主顾会提些很奇怪的要求，比如说，'就别让他活到八月了'。我很有职业道德的，所以我非开枪不可。"

老黑沉默了片刻，然后苦笑着问："你觉得这是巧合？"

我没有回答。我怎么知道呢！

我只是个杀手，别人的工具，宇宙的决定论关我什么事？谁能预知命运？谁能抗衡？如果当真某一天我会死，提前知道又怎样？生归父母管，死归上帝管。对于自己的死活，我又做不了主，八月还是九月又有什么狗屁区别？我不喜欢、不想要、不需要，也不必回答这些问题，我只想一枪崩了他，然后拿上钱走人。变态佬！

我的回答是："祷告吧。"

他闭上了眼。

枪口对着眉心，食指放在扳机上。那双肥厚惨白的唇抖抖索索。

我咬紧牙关，怒气冲天地望了一眼挂钟，还有半分钟。我真想拿起一个火箭炮把这个该死的三维世界炸个稀巴烂！还有二十秒。就快到八月了，我必须在那之前开枪，真该死！

咔嗒……咔嗒……咔嗒……

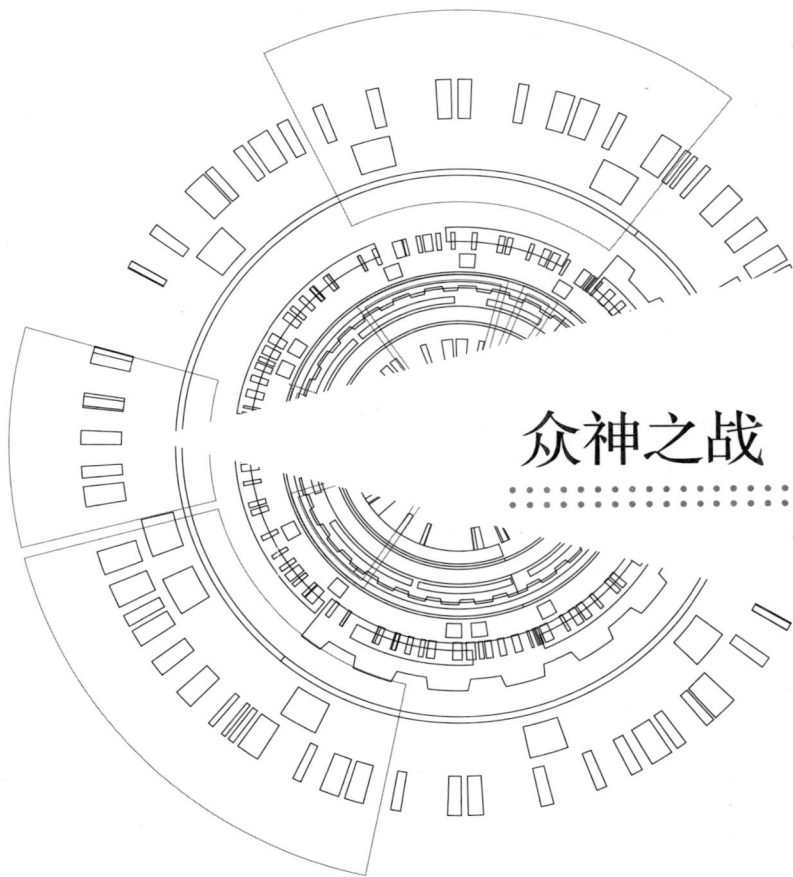

众神之战

他戴着一副银色边框的眼镜，看起来很斯文，一看就知道是个大骗子。不过，我还是决定严肃地对待他的话，换成别人，早把他当疯子了。

"这里安全吗？"他多少有点紧张。

"我以国家安全局局长的名义保证，我们的对话不会有其他人听到。"

他点点头，上身向前倾了过来，眉毛邪恶地跳了一下："你说恐龙为什么会消失？"

我盯着他足足看了半分钟，除墙上的挂钟在执着地"嘀嗒嘀嗒"地走着以外，房间里的每样东西都在沉默。

他的眼中流露着挑逗般的兴奋。他舔了一下嘴唇："玛雅文明哪里去了？"

我充分意识到了事态的严重性，脸色愈发凝重："说下去。"

整个房间在挂钟不知疲倦的嘀嗒声和他紧张的叙述中度过了不安的半个小时，然后又是沉默的半分钟。

"你的意思是，"我终于开口，"冥王星上有一种叫'清道夫'的生物，他们在宇宙中扮演着或者自以为扮演着文明监督者的角色，一旦某个星球上的某种文明发展过度，造成文明自身的濒危，比如说出现能源耗竭、环境污染，它们就会出面干涉。因此，由于恐龙文明繁荣过剩，清道夫们就把恐龙的身体重新设计，变成了现在的袋鼠，而玛雅人被改造成了蚂蚁……我没有理解错吧？"

"没错。"显然，他很高兴我如此认真地对待如此荒谬绝伦的事，因此打算对我透露得更多一些，"据我所知，金字塔是由蟑螂建造的，至于老鼠嘛，你知道复活节岛上的雕像吧……"

一想到那些被我们视为伟大奇迹的事物竟然会和我们身边如此龌龊的

东西联系在一起，我的鸡皮疙瘩顿时掉了一地，但我强压下心中的亢奋和不平，故作平静地问："那么，您的意思是，如今轮到人类了？"

"不错。"他神情严肃，一点都不开玩笑，"你也许不相信，不管宇宙多么浩渺，凡是有文明的地方，就有清道夫的间谍，地球也不例外。这些间谍装扮成人，观察人类的活动，不时地向冥王星汇报，对局势作出评估。如今，他们认为，人类文明失去了控制，出现了不可自我恢复的危机，所造成的灾难可能会殃及冥王星，所以决定出面干涉。此刻，在冥王星上，清道夫们正在争执不休。他们将投票决定，究竟把人类改造成什么样子。"

"在冥王星也实行民主政治吗？"我满怀好奇地问。

"民主？"他的脸上闪过一丝不屑，"哼，他们不过是些暴徒罢了，狂妄自大、喜怒无常。他们说，地球上人与人彼此仇恨、互相杀戮……人类文明就要崩溃了。他们把地球人列为宇宙二级生态污染，决定进行消毒。有人提议把你们的身体缩小，变成像蚂蚁一类的群居生物，说这样不但能解决资源问题，而且有利于你们的团结友爱，重新嵌入生物链的人类将不再对地球构成威胁。"

我暗暗吃惊："他们真的这么认为？"

"借口罢了。"他一摆手，"他们每次发动袭击都有一些冠冕堂皇的理由，实际上他们才不在乎别的文明是不是真的有问题，只要他们不喜欢，就要改造。要我说，这次他们纯粹是报复。"

我大惊："报复！地球人什么时候做了对不起冥王星的事了？"

他笑眯眯地说："之前你们不是投过一次票，说冥王星不配叫作行星吗？"

我愣了："难道就为了这个？那不过是几个天文学家的一时冲动

罢了。"

"然而，清道夫就是这样的，他们的自尊心极强，容不得别人瞧不起他们。"

外星人如此小肚鸡肠，令我深思良久。于是我想起一个严肃的问题："那么，恐龙当初哪里得罪他们了呢？"

他一脸不耐烦："据说是因为R&B。那是当时那些傻大个儿们很喜欢的一种音乐，而清道夫极度痛恨这种不够严肃的小调儿，所以就找个借口把恐龙给改造成袋鼠了。我说，你别再提这些无聊的陈年往事了。你们已经大祸临头，我是专程前来告诉你们这个消息的，希望你能排除偏见和疑心，尽快向上级汇报。"

然而，我的好奇心更加强烈了："这么说，您是从冥王星来的？"

他的脸色非常难看，皮肉间流露出愤慨："难道你以为我是疯子吗？"接着，他猛然从椅子上蹦起来，一把扔掉自己的银框眼镜。一时间他的形象似乎陡然变得高大，脸上泛起了淡淡的金色光辉，他的嗓音变得柔和悦耳：

> 愚蠢的人类啊，
> 说出我的身份将令你战栗，
> 自从不再恭敬众神，
> 你们就忘了自己的低贱和神的尊容。
> 我就是那奥林匹斯山上的神灵啊，
> 当初你们把我们膜拜，
> 在我们脚下得到庇护。
> 如今牛羊都不再宰杀，

世间遍布着冤魂、虚妄和残忍，

而蒙难的众神，

早被你们遗忘。

失去了同伴的赫尔墨斯，

我独自忍受着孤独和异乡的寒冷，

只等有朝一日晨曦照亮昏暗的宇宙，

为我报仇雪恨。

这歌声如此美妙，我足足陶醉了一分钟，才醒悟过来："原来，奥林匹斯山上的众神也惨遭了毒手。清道夫为什么对你们不满？"

一说起这千年的旧痛，赫尔墨斯还咬牙切齿："他们说我们容易冲动。"

我没做评论，只是唏嘘不已，然后咂了咂嘴："请问，神的使者，伟大的赫尔墨斯，诸神之中，只剩下您一个了吗？"

赫尔墨斯脸上的光辉渐渐消散，情绪也平静下来，他从地上捡起眼镜戴好，重新在我对面坐下来。他又变成了之前的中年男人，眼中涌动着滚滚怒火。"不错，我们在和清道夫们的战争中战败了，所有的同伴都蒙受耻辱，被改造了。只有我一个，早在战争之前就化装成清道夫，去了冥王星。"说到这儿，他脸上浮起恶狠狠的快意，"并非只有清道夫才会做间谍工作。诸神中我最狡猾多谋，因而担负起了这个重任。这么多年来，我小心谨慎、步步深入，终于打入了他们的高层，掌握了许多核心机密。如今我亲自来给你们传信，请不要再疑惑，马上做好准备。"

"准备什么呢？"我的好奇心愈来愈强烈，简直到了无法掩饰的地步，因为整件事实在是太刺激了。

"用于星际改造的设备也可以把被改造的文明重新改造回来，但那机器只能在投票结果产生之后才能启动，到时候我将制造混乱，趁机启动设备，然后……"赫尔墨斯的眼中闪现出希望的万丈光芒，"众神都将归来。"

"你是说，宙斯、赫拉、阿波罗、雅典娜……都将再度出现？"我小心翼翼地问。

"是的。而你们要准备迎接众神，用你们的力量助我们一臂之力，一同击败清道夫，然后永享盛世。"

于是一幅杂糅着古希腊风情和后现代风格的图卷在我眼前展开：身上涂满橄榄油、手握斧钺钩叉的众神在天上大战外星人，地上一排排装满核弹的星际远程导弹剑拔弩张地对准冥王星，而遍布各处的老鼠、苍蝇、蟑螂……爬来爬去，必要的时候我们可以复活这些前辈们，作为我们的强大后援……考虑一下，如果把东方和西方的所有神明一起复活，那将是何其壮观的一幅景象啊……

"你还在犹豫什么？"伟大的赫尔墨斯不满地质问我。

超现实主义的画卷被收了起来。我立刻换上诚恳的态度表明我的责任心："您知道，此事关系重大，在采取行动之前，我还要再问您几个问题，以充分掌握情况，才能做出最明智的决策。"

接下来，我极其严肃、认真地询问了冥王星的情况以及赫尔墨斯在那里是如何行动的。在诸如此类的每一个细节都弄清楚之后，我紧张地问："您知道，您所说的这一切都非常的重要，我想知道在此之前您是否跟其他任何什么人透露过这些吗？"

伟大的赫尔墨斯得意地告诉我："没有。这些情报太危险了，我只能亲自前来，透露给地球方面的高层。"

"很好，"我松了口气，如释重负，站起身给神的使者倒了一杯热腾腾的茶，"刚才忘了给您倒水了，实在是失敬。您大老远跑来，我代表地球向您表示最真诚的感激。您先喝杯茶，我这就向上级汇报。"

赫尔墨斯对我的态度非常满意。

我马上行动起来，按下电话机上的一个呼叫键："玛丽，请叫史密斯到我办公室来一下。"

眼下，局势明朗了。尽管我们的处境有些艰难，但是前景还是乐观的，彼此都很满意。利用难得的片刻轻松，我顺口问了一句："那么，那些讨厌的鲇鱼们把奥林匹斯山上的神灵都变成了什么呢？"

赫尔墨斯愣了一下："怎么，你们从没有感觉到吗？虽然改变了外形，可是他们一直都在你们的身边，守护着你们啊，你们称之为'最忠诚的伙伴'。"

我愣了一下，随即笑了，真想不到，原来神灵就和我们朝夕相伴呢。赫尔墨斯低头喝茶，我微笑着看着他，从怀里摸出手枪，把他放倒了。

我刚把桌上的文件收拾好，史密斯就进来了。我指着对面摊在座椅上呼呼大睡的赫尔墨斯，对他说："这位先生很有趣，跟我说了些笑话，眼下累了，睡得正香，不过等他醒来，恐怕又要四处跟人说些荒谬绝伦的事了。你知道，这个世界上总是有那么一些人，宣称自己是救世主什么的，所以你把他弄到专门照顾这类人的护理中心去吧。"

史密斯点点头。我锁好抽屉，拿上自己的钥匙，穿上大衣，走向门外的时候又回头嘱咐他："不过，以后要是还有类似的人要求见我，你还是一律放进来吧，我还是愿意和他们谈一谈的。这些人虽然大部分都太疯狂，不过没准儿真有一个说的是真的呢。"

我走出办公楼，外面阳光明媚，一点看不出世界末日的样子。街上有形形色色的人，正人君子、流氓无赖、名人政要、街头乞丐……一个个全都各怀鬼胎，谁都不会在乎地球是否已经到处充满了致命的毒素、千万人在挨饿、百万种生物濒临灭绝，谁都想不到在太阳系深处的一颗星球上正有一群鲇鱼要来把他们变成蚂蚁一样的虫子，更不会想到几千年、几万年前的事。他们需要的就是眼下这点儿温暖的阳光，来照亮他们短促黯淡的一生，就算让他们这样稀里糊涂地灭亡也没关系。

　　我回到家，"面包"听见我开门的声音，兴奋地冲过来，用头磨蹭着我的膝盖。锁上门，我颓然坐到沙发上。真是紧张刺激的一天，终于可以喘口气了。不过，还有一大堆的工作等着我，但我会干得很棒的，绝对不比那个令人讨厌的奥林匹斯野人差。那些野蛮人容易冲动，什么事都做不好，惹人生厌，活该有此下场。不错，并非只有清道夫才会做间谍工作，我的手下里也能找到几个了不起的人才。只要时机一到，世界就会重新回到我们的手里，袋鼠们将再次站立，击败一切牛鬼蛇神，那将是傻大个儿的王朝。

　　"面包"冲我叫了两声，我微笑着递给它两块狗粮，它快乐地嚼了起来。我抚摸着它柔软的耳朵，愉快地哼起了R&B小调。

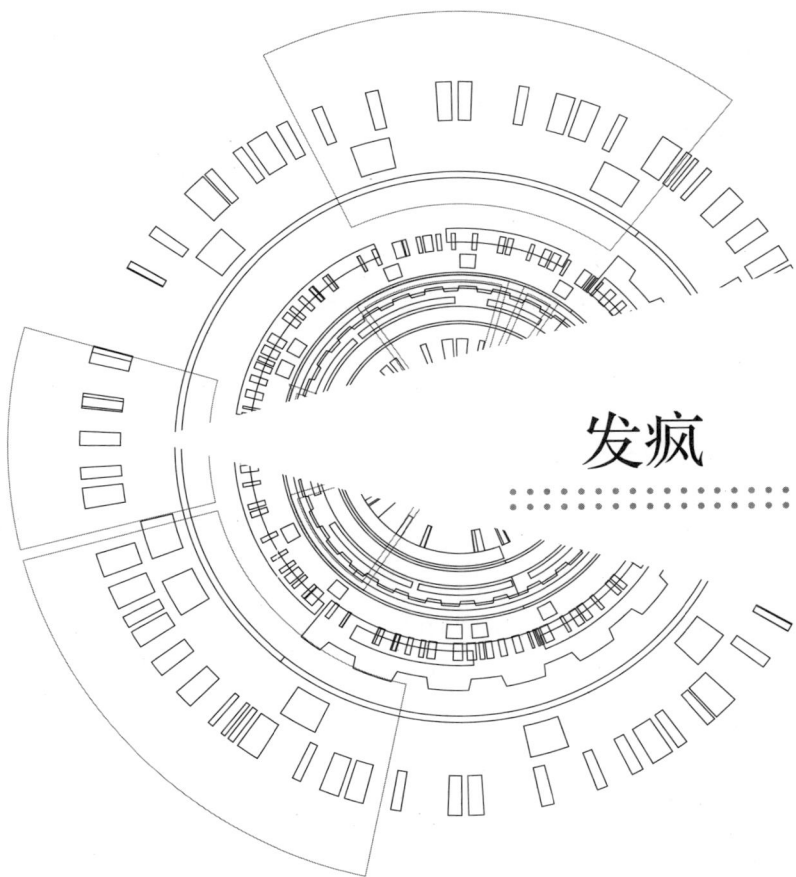

发疯
· · · · · · · · · · · · · · · · · · ·

"早上好，先生。"新管家给了我一个灿烂的微笑。

"早。"我点点头，看见了桌上的面包和牛奶。

"早餐已经好了。"

很好，一直以来，我独自一人，充分享受着自由的快乐，只是缺少了这样细致入微的关怀。心理医生说我必须改变这种状态。测试期内如果不出现严重的问题，一个月后我将付款购买这种关怀。虽然价格不菲，但是货真价实。

我起身，一边穿西服一边吩咐："请把皮鞋擦一下，我赶时间。"

"您需要'一分钟快速擦亮'视觉效果最优化擦拭、'两分钟细致呵护皮鞋'保养最佳化擦拭，还是'一分半优质处理'综合效果最大化擦拭？"

"什么？"我一愣。

"您需要一分钟……"他可真是有耐心。

"一分钟。"我可没有耐心，时间紧迫。

管家一边专业地飞速打鞋油，一边问："晚饭吃什么？"

"面条吧。"虽然唠叨一些，可是哪个体贴周到的人不这样呢？

"意大利面条还是中国面条？"

"中国式的。"我打好领带。

"打卤面还是热汤面？"

"热汤面吧。"我对着镜子梳了两下头发，根本不知自己在说什么。

"加一个鸡蛋吗？"

"好的。"我穿上皮鞋，很亮，甚至有些扎眼。

"煎鸡蛋还是荷包蛋？"

"随便。"我看了一眼手表，有些不耐烦。

"我们的宗旨是，全心全意为您服务。没有您的明确指示，我不能自作主张。请给我命令：煎鸡蛋还是荷包蛋？"

"哦，算了，不要鸡蛋了。"我感到一阵恶心，那种合成的仿真声音听起来真是枯燥。

"面条用小麦粉还是荞麦粉？"

"为什么你总在问问题？难道我花钱是为了让你不断地向我提问吗？"我有些恼火，转过身，看见他僵硬的表情。

"我们的宗旨是，全心全意……"他又开始了。他只会这一套吗？只会向我索要命令吗？我气愤地大叫："闭嘴！"

"您要我沉默一分钟、十分钟，还是……"

"见鬼！没有我的命令，你就是一堆废铁吗？"我恶毒地嚷道，全然忘了他只是台机器。

"请给我命令：回答您上面的问题还是保持沉默？"他倒是心平气和。

"你真让我头疼。"我双手抱着脑袋，忘了要赶时间。

"您要阿司匹林还是冰块？"

"闭嘴！"我终于愤怒了。这下他倒是安静下来，如果不是我说了那句话："我快要疯了。"

"您确认您疯了，还是您以为您疯了？"

"发疯！你不懂吗？你那该死的芯片里没有这个词吗？"

"我不明白。您指的是它的本义还是比喻义？"

我抓起一只花瓶砸了过去。花瓶砸在他的头上，碎了一地。"我指的是本义，这回你满足了吧？"

"看来，您已经轻度失去理智，无法控制自己的言行。为了不危及他人的安全和公共秩序，根据社会治安条理的规定，我将为您请专家诊断。在此之前，我不得不遗憾地通知您，我将暂时限制您的人身自由……"

奇怪，他怎么不提问了？怎么突然变得这么果断了？怎么……等等，他要干什么来着？

"喂，你想做什么？别靠近我……等等……不！"

我被他摁在床上捆了起来。我徒劳地挣扎着，同时听见他对电话那边说："……没错，我的主人出现精神失常的疑似症状，请立刻派人……"

天啊，我成了疯子！一阵恐惧袭来，我听说过人们被看作疯子后是怎样被折磨得真的发了疯……

"你这该死的机器，我会被你毁掉的！"我破口大骂，又踢又踹，却无法挣脱，"该死，我家怎么会有这么结实的绳子？"

"情况在恶化，开始语无伦次了。"他继续信口雌黄。

"畜生！放开我！"我咬牙切齿，怒目而视。

"情绪极不稳定。"他望了我一眼，仅此而已。

"我要砸烂你，你这只臭虫！"我浑身泛着杀气，感到热血沸腾。

"伴有明显的暴力倾向。"他完成了毁灭我的谎言，放下电话，转身温和地对我说，"请您保持镇静，他们马上会来处理这件事的。"

一想到会有一群没人性的家伙抓着我的四肢给我穿上束身衣，然后把我带到一群疯子聚集的地方，有进无出，我感到了恐慌。于是我强迫自己镇定下来，装出一副理性的样子，试图诱骗他："就用荞麦粉好了。"

"好的。要做浓稠一些还是淡爽一些？"管家又恢复了之前的恭顺。

"等等，我现在感觉好多了，把我放开吧。"我努力控制自己的情绪，发现说谎并不容易。

"对不起，我无权这样做。"他礼貌地拒绝了。

"什么！难道你不该服从我的命令吗？我命令你放开我！"我快要失控了。

"对不起，您的神志将由专家作出评判。根据机器人第一定律，为了他人的安全，您的上述命令无效。"

我绝望了。这是什么逻辑！命令无效！你这没心肝的冷血动物！没了命令就什么都不行的铁桶！只会听从命令的笨蛋……我在心中诅咒。就在这时候，一个念头忽然闪过，这一次是愤怒的力量帮了我。我有了一个主意，抓我的人正在路上，必须冒险一试，时间紧迫。

"你应该服从我的命令。"我告诉他。

"只要不违背第一定律。"

"好的，我现在给你一个命令，不会伤害到任何人的利益，只涉及你和我，就咱们俩。"我的双眼闪着恶毒的光芒。

"听从您的吩咐。"

"听着，我的命令是：不要遵从我的命令。"我大喊一声，孤注一掷。

他一下子愣在那里，两只眼睛开始胡乱地闪烁……

说谎其实并不难。

"……一定当心那些测试版的产品，这年月，连机器都会发疯，说不定……好的，再见。"

　　打发走那些家伙，我疲倦地坐在沙发上，想着该如何跟老板解释今天旷工的事，还要通知那家公司把他们的机器带回去维修。

　　我拿起电话，一边拨号，一边看见管家还在客厅里走动。他一会儿走出一个完美的圆圈，一会儿又画出一条抛物线，嘴里还念念叨叨："命令……第一定律……指令……不要遵从……我不明白……一分钟快速……发疯……必须遵从……阿司匹林……荞麦粉……荞麦粉……发疯……我不明白……发疯……我不明白……"

　　我想你应该明白了。

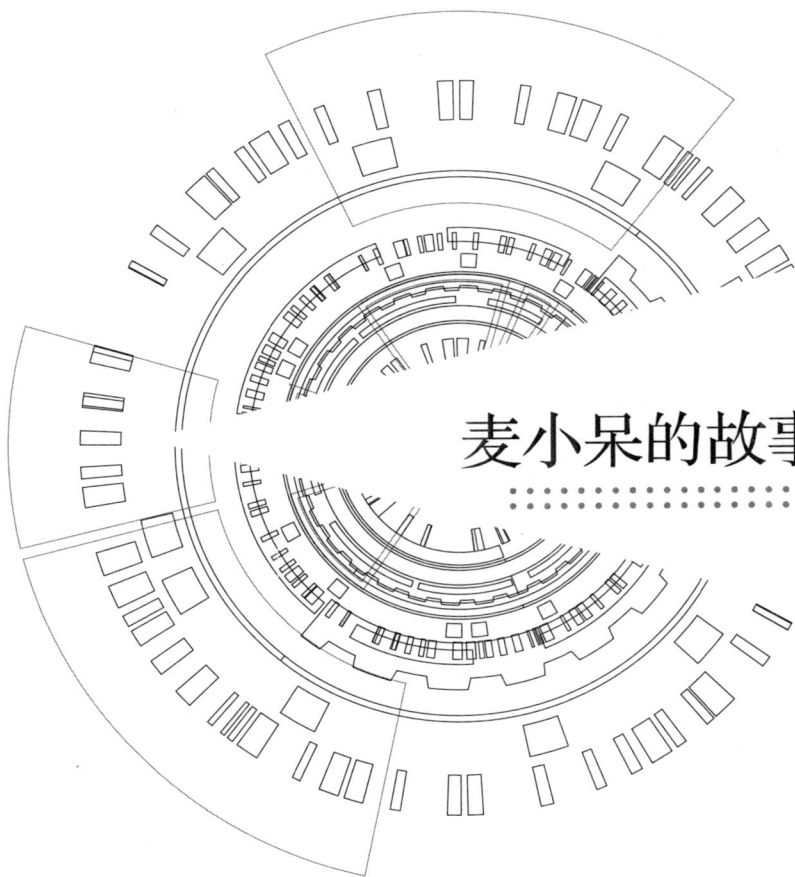

麦小呆的故事

喷嚏之王

麦小呆很能打喷嚏。他在太阳底下一连打18个喷嚏，那是绝对不成问题的。可是这样的本领，一直找不到用武之地，直到喷嚏星的使者来到地球。

"在鄙星，打喷嚏是最受欢迎的运动。每年都要举行全球打喷嚏比赛，冠军将被封为'喷嚏之王'，能免费吃一年的冰激凌。今年的比赛，我们想邀请贵星参加……"大使对地球官员说。

于是，全球展开了大搜索。

小呆从小就有点呆，写字写得不好看，唱歌唱得不好听，算术算得不够快，干什么都比别人差一点、慢半拍。可是小呆不服气，他总觉得自己肯定有比别人强的地方，一直想让大家都羡慕他。一听说在招募打喷嚏能手，小呆就高兴起来。虽然他从来没有听说过什么"喷嚏之王"，不过既然是王，肯定就是最厉害的那个，所以小呆很高兴地去报了名。

经过层层筛选，小呆最终以25个喷嚏的成绩脱颖而出，成为地球的参赛代表。

从此，为了地球的荣誉，为了人类的尊严，小呆更加刻苦地练习打喷嚏。他不停地练啊练，一觉得鼻子痒痒，就双脚一分，骑马蹲裆式，稳稳地站好，抬头去找太阳光刺激一下，然后……

"阿嚏！阿嚏！阿嚏……"

经过不断的努力，对小呆来说，打上几十个喷嚏，已经是家常便饭了。爸妈看了心疼，就让他歇会儿再练。可是为了能打出高质量、高水准的喷嚏，小呆仍然不畏艰难、不辞辛劳地苦练。快到比赛的时候，小呆打喷嚏的技术已经登峰造极了。

在地球同胞的热烈欢送下，小呆带着鲜花和掌声，在万众瞩目中乘坐飞船，去了喷嚏星。

"古时候，环境很恶劣，空气中飘满了浮尘，所以喷嚏星的先辈们经常通过打喷嚏来排出吸入到身体里的颗粒物，久而久之，打喷嚏成为一种有益于健康的运动，到现在已经成为一种时尚。现在，我们有请来自各个星球的选手，为我们一展风采吧。"大喇叭呜啦呜啦地说完，比赛正式开始。

选手们各显神通，有人一个喷嚏喷倒了一棵大树，大家都说了不起，可是麦小呆走过去，一个喷嚏，大树又立起来了。有人一个喷嚏震碎了一块玻璃，大家都说很厉害，可是麦小呆走过去，一个喷嚏，玻璃片变成了玻璃粉。有人能倒立着打喷嚏，身体飞起来好高，大家都说不得了，可是麦小呆倒立着，连着打了好几个喷嚏，结果能悬停在空中好几秒……大家连连叫好。最后是麦小呆的个人表演：先来了5个喷嚏热身，然后运了一口丹田气，气壮山河地连续打了125.5个喷嚏——在准备打第126个喷嚏时，麦小呆只张了一下嘴"阿——"了一声，就因为过度疲劳，昏了过去，所以只能算半个。救护人员赶紧把小呆抬走抢救，在场的所有人都热泪盈眶，全体起立，对小呆的精彩表演和可敬的体育精神报以热烈的掌声。广场之上，麦小呆喷出来的口水映出了一道彩虹。

在医院里，小呆昏迷了很久，做了好多噩梦，然后隐隐约约地听到有两个人在说："……按计划进行……地球人不会发现……到时候我们就发起进攻……"小呆没有听明白，眼前一黑，又昏了过去。

醒来后，小呆成了喷嚏之王。

虽然由于喷嚏打得太多，鼻子都肿了，可是大家还是向他表示祝贺。盛情难却啊，小呆只好戴上金灿灿的王冠，参加了许多记者招待会、明星见面会、赈灾义演什么的。不管走到哪里，到处都有他的崇拜者，高声喊着小呆的名字，哭着喊着要小呆给他们签名。只要有人要他表演打喷嚏，小呆都不忍心拒绝，忍着鼻子和喉咙的痛，打出几个喷嚏意思一下。就算这样，大家都已经激动得不得了。有一次，几个女喷嚏迷听到了喷嚏之王打喷嚏的声音，感到无比幸福，结果昏了过去，场面差点失控。

以前打喷嚏，自己觉得很痛快，可是现在常常被迫打喷嚏，不但不痛快，而且很痛苦。小呆这才知道，原来做名人是这么不开心的事。所以，尽管被鲜花和荣誉包围，小呆却依然呆呆的，总是闷不吭声。他开始想念爸爸妈妈了。因此，当有人要找小呆给洗发水拍广告的时候，小呆却喊着要回家。

"在成功的路上，你已经有了很好的开始，怎么可以半途而废！"喷嚏星大使（如今他成了小呆的经纪人）严厉地批评他，说他胸无大志，说好男儿要四海为家，说大丈夫要胸怀天下，差点就要说舍生取义什么的了。最后他说，你要长出息，才能为爸爸妈妈争光。

一听这个，小呆的雄心壮志立刻像熊熊烈火一样燃烧起来。于是小呆忍辱负重，每天一边吃喷嚏星特产的冰激凌，一边干经纪人为他安排的那些工作：给雪花膏拍广告、在古装片里客串、参加慈善义演、充当爱心大使什么的，当然也少不了每天晚上的文化课。经过坚韧不拔的努力，小呆在星光大道上越来越成功。不只是喷嚏星，连许多宇宙犄角旮旯的地方都能看到小呆的海报，都能找到小呆的崇拜者。

终于，喷嚏娱乐公司的董事会决定，让小呆回故乡——地球去拍一部有关人类文明的纪录片。飞船带着王冠和喷嚏星的冰激凌，护送着小呆回到地球。作为两星的文化大使，小呆受到了同胞的热烈欢迎，还参加了不计其数的见面会，现场总是气氛热烈。

据说地球上也开始流行打喷嚏了，科学家已经开始撰写有关喷嚏的论文，从力学、生物学、数学、历史学、哲学、美学甚至神学的角度进行了深入的研究。大量喷嚏爱好者协会纷纷建立，甚至有人提议，把喷嚏作为一种社交礼仪，但是因为会喷出口水，还是有点恶心，所以没人响应。

现在，世界各地都涌现出了打喷嚏能手。小呆的经纪人不失时机地举办了喷嚏擂台赛，于是各路高手踊跃报名，向小呆的宇宙纪录发起冲击，可是没有一个人能破纪录。

现在的小呆，虽然成了宇宙大名人，可是越来越不开心。不论是为了工作需要还是真的鼻子发痒，每天他都得打上百个喷嚏，结果脑袋嗡嗡响、鼻涕哗哗流，常常累得趴在床上喘气。爸妈看到他这个样子很担心，最后决定，趁小呆睡着，悄悄带他去医院检查一下。

结果出来了，医生脸色阴沉："似乎，好像，莫非，难道，很可能，小呆感染了一种病毒。"

爸妈傻眼了。

很快，地球的每个角落都传遍了这个消息：有一种可怕的外星病毒在地球上流传开了。

人心惶惶，各国政府都开始调查这件事。同时，一辆黑色轿车在小呆家楼下停下来，几个戴墨镜的人从车上走下来。

经过证实，确实有一种来自外星的病毒在地球上出现，并通过打喷嚏传播。

很快，世界各地的医院里都出现了症状相似的病人：在不可预料的时候突然打喷嚏，神情恍惚，语无伦次。许多人猜测，这将是一次大规模的流行性病毒大爆发。

小呆则被带到国家安全局里，接受全面检查。同一时间，喷嚏星球向地球发出通告。

"我们的病毒已经开始传播，贵星很快会陷入瘫痪，我们要求贵星立刻交出领土，不许进行武装抵抗，那是徒劳的。"代表喷嚏星发出公告的，正是小呆的经纪人——喷嚏星大使，他终于露出了本来的面目，坐在谈判桌对面得意扬扬地宣布。

原来，这都是一场骗局。当初的喷嚏大赛是精心设计好的圈套，所有的一切都是为了寻找一个善于打喷嚏的人，把他塑造成一个人见人爱的大明星，然后让打喷嚏流行起来。于是，喷嚏星人培养的病毒就能得到快速的传播，然后，地球人就失去了战斗力——要是你在瞄准的时候突然打喷嚏，这仗可怎么打啊？

"不仅如此，等到病毒发作的后期，它还会控制人的思想。到时候我们让你们干什么，你们都得听话。哈哈……"大使阴险地大笑，露出一排牙。

果然，世界范围内爆发了大规模的喷嚏病毒，后来历史上称之为"喷嚏之灾"。当时几乎全世界的人都在狂打喷嚏，到处都是乱飞的口水。医生们一边抓紧时间研制对付病毒的药品，一边号召大家都要戴口罩。可是，眼看着喷嚏星的战舰越来越近，大家都开始担心会打败仗，最后被喷嚏星人操纵思想，成为傀儡。

物价开始飞涨，人心也开始惶惶不安。到处都有人演讲，号召大家团结一心，"宁为玉碎，不为瓦全"。打仗的时候宁可被喷嚏憋死，也坚决不打出来，一定要和喷嚏星决一死战。人们被这种激昂的言论感动了，不论是什么肤色的人，都发誓要化喷嚏为力量，同仇敌忾，保卫地球，把侵略者赶出去。一时间，局势非常紧张，气氛相当悲壮。

不过，最难受的还是麦小呆。检查表明，小呆身上确实感染了病毒。大家都知道他是无辜的，而且他还是个孩子，所以没人怪他。可是小呆还是很难过，觉得是自己引起了这场不幸，对不起地球上的同胞。如今一听到"喷嚏之王"这个称号，小呆就觉得很羞愧，然后会很愤怒地一拍桌子，大喊一声："阿嚏！一定要把他们打败。"

终于，敌人的战舰在地球的同步轨道上排好了阵形，大家准备拼个你死我活了。可奇怪的是，那些敌舰先是呆呆地停在空中，突然开始不知所措地转圈，然后仓皇而逃了。地球上的人觉得莫名其妙，所以也没有追击。

后来，派去喷嚏星的间谍发来了情报。原来，喷嚏星的人忽然全都变呆了，所以完全忘了怎么打仗，现在他们越来越呆，连怎么开飞船都忘记了。

专家估计，要不了多久，喷嚏星的人可能就要退化到石器时代了。至于原因，谁也搞不清楚。有学者大胆猜测，因为"呆"本身就是一种病毒，麦小呆在喷嚏星打喷嚏的时候把这种病毒传开了。虽然这个猜测很有创意，但专家并没有在小呆身上找到这种叫作"呆"的病毒。也可能是因为地球上的很多人都很呆，所以，大家都习惯了，不觉得它是什么病毒吧。

受到启发的科学家开始想，是不是"呆""笨""聪明""狡猾"都是一种病毒呢？对他们的研究，老师和家长们都充满了期待。

再后来，科学家研究出了新的抗生素，治好了大家的喷嚏，喷嚏之灾过去了。

小呆打喷嚏的毛病也治好了，现在他一次最多也就打10个喷嚏了，不过打喷嚏的宇宙纪录一直都由他保持着，无人能及。小呆还是那么呆，但是爸妈说，他是好样的。

至于喷嚏星的人，希望他们有一天能克服困难，重新聪明起来，但是不要太坏。

呵欠王朝

1

呵欠王朝的生命非常短暂，只有一个呵欠那么长的时间，一个呵欠打完了，这个王朝就结束了。

也就是说，一个呵欠有多长，呵欠王朝就能维持多久。

2

麦小呆觉得自己有点神经衰弱，因为他总是成天打呵欠，没精打采的。

放学之后，麦小呆很苦恼，因为老师留的作业实在是太多了，恐怕一辈子也写不完。

吃完饭，小呆把像石头一样沉的书包往地下一扔，然后拿出作业，抓起笔，就开始疯狂地写作业。

他写啊写，写得如痴如狂。从一点到两点，从两点到三点，指针像着了魔一样疯狂旋转，钢笔写坏了一支又一支，墨水写光了一瓶又一瓶，本子写满了一摞又一摞，写得他腰酸背疼腿抽筋。眼看就要写完半辈子的作业了，这时候，麦小呆实在是困得不行，嘴巴一张，深吸一口气，双手一伸，眼睛一闭，张大嘴巴，特别陶醉地打了一个长长的呵欠："啊——"然后倒在桌子上睡着了。

3

呵欠王朝是由呵欠猪建立的。

准确地说，呵欠猪并不是一种猪。在宇宙中，呵欠猪无处不在。听最八卦的火星人说，连黑洞边缘都有呵欠猪。只不过它们没有遇到合适的条件，所以无法苏醒过来，也来不及产生文明，更谈不上建立王朝，只能一辈子永远沉睡。

宇宙考古学的研究表明，呵欠猪是最早存在的物种。然而，不幸的是，除非某个东西打了个呵欠，否则它们只能永远存在着，却无法出现。

这意味着，尽管呵欠猪是全宇宙第一个存在的，却只能第二个出现。而宇宙中的第一个呵欠是由一种叫作大猪的东西打出来的。作为第一个以一种具体物质形态出现的事物，大猪不可避免地陷入了一种非常难受的寂寞状态。这种可怕的孤独感导致它精神上极度疲劳，于是它打了有史以来第一个呵欠。

就这样，第一批呵欠猪随之诞生了。

从此，呵欠猪就叫呵欠猪了，这纯粹是一种巧合。

4

此时已是夜深人静，窗外一片漆黑，四下里寂静无声，偶尔传来隔壁房间里爸爸的呼噜声。

麦小呆做了个梦，梦见自己是一头猪，正在用鼻子蘸着墨水写作业。这时候有一粒黄豆突然从他头顶上慢慢地飘落下来，稳稳当当地停在他的鼻尖上。

"我们是呵欠星的使者，初次来到地球，请多多关照。"黄豆说。

麦小呆愣愣地盯着自己的鼻尖，心里直犯嘀咕："这不就是个黄豆吗？"

黄豆似乎能听见他的心思，立即回应道："我们郑重声明：我们是呵欠猪，不是黄豆！你看到的，只是我们的宇宙飞船。我们自己的形态，更接近于绿豆，但是凭你们的肉眼是无法看见的。"

麦小呆心说自己肯定是做梦呢，不然不会有这么邪门的事，一会儿呵欠一会儿猪，又是黄豆又是绿豆的，这都什么乱七八糟的啊。所以，麦小呆根本没理会黄豆，继续用鼻子蘸着墨水写作业。

虽然小呆的鼻子一拱一拱的，可是黄豆却很平稳地停在上面。它絮絮叨叨，不厌其烦地讲起了呵欠猪的光荣历史："我们呵欠猪，是宇宙中最古老的物种……"

5

尽管呵欠猪有着光荣的历史，可是却无人知晓。

事情是这样的：任何事物，不论死活，只要存在着，就一定会有对自己的生活感到厌烦的时刻。这时候，精神和肉体都会陷入疲劳的状态，于是产生一种叫作疲劳素的东西（即使一块死气沉沉的石头也不例外）。

当事物体内的疲劳素浓度达到某个值时，我们大家就会产生一种黏糊糊的、酸溜溜外带一点儿甜滋滋的感觉，然后大脑（即使一块石头也还是不例外）告诉我们要来点新鲜刺激的东西，于是我们就会打呵欠了。

打呵欠有助于降低我们体内的疲劳素。我们把疲劳素浓度从低到高，再从高到低的这个起伏变化的过程叫作卡不起诺。

卡不起诺是一个非常微妙的过程，它能带来一种相当陶醉的感觉，因此我们打呵欠的时候会觉得很爽（即使石头也不例外）。

而呵欠猪为了建立它们的王朝，必须要依靠卡不起诺带来的那种心荡神摇的能量。

而通常情况下，一个卡不起诺是不会太久的，这就是说，每一次呵欠王朝才刚刚建立起来没一会儿（也就几秒钟吧），就到了文明覆灭的时候。所以，一个呵欠王朝很难有什么作为，至少整个银河系的人都没有听说过它们。

人生苦短啊。

6

不过，呵欠星是个例外。

呵欠星上曾经诞生过一种叫作恐大龙的生物，由于这种生物体格过于庞大，所以整个星球上只诞生了一只。

因为非常的寂寞，所以恐大龙很快厌倦了生活。在去世之前，它忍不住打了个呵欠。

这个宇宙史上赫赫有名的呵欠整整打了大概120多个小时吧，直到整个星球的氧气都被它吸进去消耗光，然后恐大龙窒息而死，宇宙的命运也从此发生了巨变。

7

对于几秒钟可以建立一个王朝的呵欠猪来说，120个小时，就好比我们人类的几百万年那么长。这样你就知道，这个长达120个小时的卡不起诺对于呵欠猪意味着什么了。

呵欠猪进化了，发展出不可思议的智慧，创造了无法想象的文明，干出了惊天动地的大事。总之，它们什么都干得出来。曾经有人估算，如果把这段可歌可泣的历史拍成电视连续剧，每天放两集的话，要一直放到宇宙灭亡的前一天才能播完。估计只有上帝才有机会把它看完吧。

不幸的是，恐大龙死掉了。

为了不至于就此灭亡，呵欠星上的呵欠猪必须另谋安身之地。好在它们早已经发展出神奇的宇航技术，于是它们坐上能保护它们的宇宙飞船，也就是那颗黄豆，不远万里来到了地球。

8

"阁下是我们来到地球后遇到的第一个打呵欠的人，虽然这次的卡不起诺只有几秒钟，但是已经唤醒了你体内的呵欠猪。对我们来说，这些近乎原始的土著同胞们的处境实在是令人同情：它们还处在茹毛饮血的蒙昧时代，完全不知文明为何。鉴于此，我们已经作出决定……"

那颗黄豆啰里啰唆地讲了这么久，麦小呆听得目瞪口呆，嘴巴大张，口水一个劲儿地往作业本上滴，完全忘了写作业的事。

"我们决定，要把这些同胞从野蛮的生活中拯救出来。"黄豆异常庄严地宣布。

麦小呆咂了咂嘴，心惊胆战地问："你们打算怎么干？"

黄豆犹豫了一下，然后自信地说："虽然你们人类很聪明，但是和我们呵欠猪比起来，还是差得太远。因此我们毫不担心地告诉你，我们要进入人类的体内，改变你们的身体结构，让你们能经常打呵欠，而且每次打呵欠至少要持续一个小时，这样就会有更多的呵欠猪有机会进化，呵欠文明就可以快速地向前发展。依此类推，我们将逐一拯救沉睡在各个地方的同胞，我们的种族将越来越兴旺，直到有一天……"

麦小呆越听越感到恐怖，屏住呼吸等待黄豆说出最可怕的事。

9

根据呵欠猪的研究，呵欠有如下三大定律：

1. 任何事物都会打呵欠。

2. 呵欠是会传染的。

3. 每个呵欠都将孕育一次呵欠王朝。

根据以上定律，可以推断，一个呵欠王朝诞生之后，通过传染，将会唤起另一个王朝，呵欠文明将以辐射状在全宇宙传播。直到有一天，当宇宙作为一大团整体，都感到疲倦的时候，它将打一个宇宙级别的呵欠，导致一场史无前例的宇宙卡不起诺。一个宇宙尺度上的呵欠王朝将诞生，那将是呵欠文明最辉煌的时刻。

对其他生物来说，这将是最恐怖的一刻。

10

"……全宇宙的呵欠猪都将得到解放！"黄豆激昂慷慨地结束了他的陈词。

麦小呆已经彻底呆掉了。

有一分钟的时间，麦小呆和黄豆之间保持着尴尬的沉默。

终于，黄豆按捺不住了，从小呆的鼻尖上飞了起来，把麦小呆吓了一跳。

"你要干什么？"小呆一下子蹦起来，惊慌失措地问，同时发现自己出了一身冷汗，后背都湿透了。

"我们要进入你的体内了。"黄豆一边向他靠近，一边说，"经过这场漫长的旅行，我们船上的燃料快要耗尽了，现在亟须进到你的体内，给你的大脑来点催化剂，马上来一次卡不起诺进行补给。"

麦小呆吓得直往后退，一想到以后每次打一个呵欠要长达一个多小时，就感到无比恐怖。小呆吓得四处乱跑，可是一点用都没有，黄豆还是不慌不忙地向他逼过来。小呆猝不及防，被扔在地上的像石头一样沉的书包绊了个跟头，眼看黄豆就要追上他了，小呆连滚带爬，冲出房门……

11

尽管小呆曾经夺得全校100米赛跑冠军，但是长跑他可就不行了。黄豆一直在后面不紧不慢地追着。小呆穿过大街小巷，穿过灯红酒绿的高楼大厦，穿过了一环、二环、三环、四环、五环、六环……最后累得肺都快炸了的时候，黄豆追上了他，往他鼻子里一钻，就无影无踪了。从这时候开始，地球的命运就发生了巨大变化。

人们开始越来越频繁地打呵欠。由于呵欠说不准什么时候会来，来的时候又无法控制，人们的精神不能长时间的集中。为了避免出现意外事故，工厂停工了，农场减产了，第三产业也都停业了。据说连小偷都停偷了，恐怖分子也停止活动了，全球陷入了混乱；各国领导人召开紧急会议商讨对策，可是会上大家呵欠连天，最后也停会了。

战斗在第一线的科学家日日夜夜地研究对策，但是由于打呵欠的时间越来越长，最后，研究也停止了。终于，所有活动都停了下来，地球人除勉强种点粮食维持生存以外，什么都干不了了，只能一天到晚地打呵欠。呵欠声此起彼伏，连绵不断。

地球变成了一个呵欠工厂，人们变成了呵欠制造机，呵欠猪则忙着建立它们的王朝，准备发动更大一轮的呵欠事变……

12

麦小呆从梦中惊醒，发现自己趴在作业本上，本子被口水浸湿了一大片。胳膊都被压麻了，红红的，凉凉的，一点知觉都没有。他一边揉着胳膊，一边回想刚才做的噩梦。

打一个小时的呵欠，想起来真是可怕啊。小呆看了一眼钟表，发现已经是夜里四点钟了，于是站起身，打算睡觉了。至于作业的事……唉，管不了那么多了，明天再说吧。

脱衣服的时候，一阵困意袭来，脑袋里有一种黏糊糊的、酸溜溜外带一点儿甜滋滋的感觉，小呆正要张嘴打呵欠，突然好像听见脑袋里有什么声音在说："……请各单位注意……"小呆吓了一跳，马上闭紧嘴巴，大气都不敢喘，仔细地听着，于是听见那个声音又说："……我们实施的人工催呵欠已经成功，马上要有一次卡不起诺，请各单位做好补给的准备……"

小呆好像被雷劈了一样，浑身开始冒汗，原来那个梦竟然是真的！这下可惨了……不行不行，一定不能打这个呵欠，一旦打了，呵欠猪的阴谋就得逞了，整个宇宙都前途叵测了！

为了挽救同胞、挽救地球、挽救全宇宙，他一定要忍住这个呵欠，直到呵欠猪或者说黄豆的能源耗尽……一定要憋住……憋……憋……

"啊——"麦小呆憋得满脸通红，最后还是没能憋住，那种打呵欠的感觉实在是太强了，谁能憋得住呢？

这一个呵欠打下去，会发生什么，谁都说不准。这一瞬间，麦小呆被吓坏了。

13

已经进入麦小呆体内的黄豆探测到了疲劳素的浓度变化，为了能够完成它们的不朽功绩，它们不得不把此次卡不起诺的能量全都吸收过来，所以只好暂时牺牲一下小呆体内的土著呵欠猪了。

终于，一场汹涌澎湃的卡不起诺发生了，那种黏糊糊的、酸溜溜外带一点儿甜滋滋的感觉使飞船内的每一只呵欠猪都陶醉了。只要这个呵欠打完，它们就可以实现它们的雄图伟业了。到了那时候，全世界……不，全宇宙都将臣服于呵欠王朝。

14

"啊！？"小呆忽然愣住了。

他张大嘴巴吸了一口气之后，发现嘴巴闭不上了。

"啊！"小呆又啊了两下，发现嘴巴还是张着，闭不上。

像被冷水泼了似的，小呆的困意顿时全无。他明白过来了：自己打呵欠时太用力，下巴掉了。

15

汗珠一下子就蹿上了鼻尖，现在麦小呆完全忘了呵欠猪的事，心里只想着自己的下巴。

"哦哈啊噢哈。"麦小呆急得直嚷嚷，眼泪都快冒出来了。

深更半夜被叫醒的爸爸妈妈，迷迷糊糊地弄不清楚情况，揉着眼睛问他怎么了。小呆急着想说"我下巴掉了"，可是下巴没办法合上，也就没办法说话，只能哼哼着说"哦哈啊噢哈"，同时用手指着嘴巴一个劲儿地比画。

爸妈终于明白了，一下子从床上蹦起来，赶紧穿上衣服，领着他去了医院。

一路上，因为张着嘴，口水仿佛长江黄河一样滔滔不绝地往外奔涌。由于嘴巴不能闭合，口水既不能咽下去又不能吐出来，低着头就像水管子一样往下流，仰着头又仿佛泉水一样"咕嘟咕嘟"往上喷，别提多受罪了。

终于到了医院，口腔科的大夫戴上手套，把手伸进麦小呆的嘴巴里，托住他的下巴，巧妙地轻轻一用力，小呆的嘴终于闭上了。至此，大家总算松了一口气。精疲力竭的小呆用纸巾擦了擦嘴角，精神松弛了下来，这时一阵倦意袭来……

16

根据呵欠猪的研究，呵欠有三大定律，但是不幸的是，由于历史的局限性，它们不知道，呵欠还有第四定律：

半个卡不起诺是非常致命的。

就是说，由于麦小呆当时只打了半个呵欠，卡不起诺只完成了一半，后半部分却没能及时跟上，前后脱节，导致呵欠猪等得过久，供给耗竭而亡。

后来有人将此次事件称为"哦哈啊噢哈灾难"。

最有前途的呵欠王朝就这样死于一次脱臼，黄豆至死也没弄明白"哦哈啊噢哈"是什么意思。

17

所以，虽然后来麦小呆又打了一个呵欠，以后的日子里也会有数不清的呵欠，可是再也没什么可担心的了。

事情基本就是这个样子了。

当然，麦小呆并不知情。他回家之后一头栽倒在床上，呼呼睡去。

早上醒来，日子还像以前一样，没什么变化。一天又一天，每次困了，他还是会打呵欠，不过也就那么几秒钟，不知道是否会有一个又一个的呵欠王朝在诞生然后覆灭着。

当然了，每次打呵欠，小呆都要用手保护着下巴，防止它再掉下来。

至于那天晚上做的梦，小呆不相信那是真的，只是觉得很好玩，于是把它写成了作文。老师说，他的作文写得很好，想象力丰富，但是请问，恐大龙究竟是什么样子的呢？

小呆说，恐大龙长得像恐龙，但肯定是没有下巴的。

呼噜情报员

呼噜星的国家监狱可以算得上全宇宙最严密、最无懈可击的地方，谁要是被囚禁在那里，就算是有一百个脑袋，也别想从里面逃出来。

不幸的是，根据脑科学专家的推测，"怪盗香香力"的脑袋顶得上一百零一个普通人的脑袋，所以他逃出了国家监狱，消失在太阳系的深处。

"根据调查，我们发现那颗叫作地球的蓝色行星上有一种叫作人类的生物居住，据我们所知，他们自认为是一种智慧生命。"情报部的高官介绍。

"他们是吗？"首相问。

"基本上算是吧。"高官回答，"最关键的是，他们打呼噜。"

同一时间，在那颗叫作地球的蓝色行星上，麦小呆正在酣畅淋漓地大睡着。

"咳咳……"有人咳嗽了两声。

小呆迷迷糊糊地睁开眼，看见一个戴着一顶黑礼帽和一副黑墨镜，穿着一身黑色礼服的细条状小东西站在他的枕头边。小呆眨眨眼，那个细条状的东西很有礼貌地抬了一下帽子："你好，地球人。"

小呆愣了半天，发现枕头上有自己睡觉时流出来的口水，他赶紧用手背擦擦嘴角，又盯着对面的小东西看了好一会儿，才反应过来，有礼貌地回答："你好，豆角。"

黑礼服很有绅士风度地一鞠躬："尽管我们呼噜星人看起来可能像是一种豆科植物，但是毫不谦虚地说，我们是一种智慧生命。"

外星豆角，小呆心里这样想着嘴上说："你来地球干什么？"

一身黑色装扮的豆角不知从哪儿变出一个精致的黑色公文包，埋头翻了一通，然后抬起头，皱着眉说："是你把我叫来的。"

"啊？"麦小呆张大嘴巴。

"准确地说，嗯，是你的呼噜把我叫来的。"外星豆角犹豫了一下，然后开始解释，"是这么回事，你知道……"

麦小呆当然不知道——地球人都不知道——呼噜星的人长得像豆角。更不知道，呼噜星上的豆角在白天清醒的时候其实就是豆角，生长在呼噜星广袤的田野里，只有到了晚上，所有的豆角都睡觉的时候，他们的大脑才活跃起来，变成一种智慧生命。

不过我们知道，一个生命，不管有多么聪明，要是把自己封闭起来，从来不和别人就生活的智慧进行探讨和交流，那肯定不是什么智慧生命。所以呼噜星的豆角之所以能智慧起来，就是因为到了晚上睡觉的时候，他们开始相互交流，组织研讨班、课题组、成果展示会什么的，互相学习和讨论，结果就变得聪明起来。当然，有一个一般人不知道的秘密：豆角们是通过呼噜来交流的。

"……没错，等到我们入睡了，大家就可以通过打呼噜来进行交流。这个原理很复杂，我解释了你也不懂……不要以为打呼噜就是一种物理上的机械震动。机械波只是它的表面现象，呼噜的本质是高级生命的大脑潜意识层面突破意识束缚后，在取得革命性变革、实现权力重心位移并导致非理性因素积极参与创造性活动时发生的一种不可分析性、智慧异常型表现……看吧，我说了你也不懂……"

麦小呆揉揉眼睛，想知道自己是不是做梦呢，睁开眼一看，发现豆角还立在那里，略显期待地等着他的回应呢。小呆坐起来，不知道该说点什么好。他下了床，发现已经是深夜，爸妈都睡了，于是轻手轻脚地来到厨房，鼓捣了一阵，端着一杯热腾腾的茶进屋，放在桌子上，对豆角说："喝点茶吧。"

豆角好像很失望，于是一下子蹦上桌子，急促地说："No, thanks. 我们把客套都免了吧。简单地说，不是所有智慧生命都打呼噜，目前我们探测到的离我们最近的一种既是智慧生命也会打呼噜的，就是你们人类了。刚才我们从呼噜星探测到你在打呼噜，就立刻赶过来……"

"我打呼噜了？"麦小呆惊讶地问。他倒是知道爸妈都会打呼噜，而且震天响，但是他不相信自己才十几岁就打呼噜。因为他听说打鼾是一种什么呼吸障碍症，是一种病，对身体不好……

"没错，所有打呼噜的人都难以相信自己打呼噜。不过你刚才确实打呼噜了，我以全体呼噜星人民的名义向你保证，绝对打呼噜了。"

麦小呆还是不信，不过为了不伤害外星人的感情，他觉得还是暂且信一下比较好，所以小心翼翼地说："也许是因为白天玩得太累了吧。"

"有可能，不管怎样，我们希望你能帮助我们。"豆角严肃地盯着他，"我们需要你的帮助：有个叫'怪盗香香力'的著名宇宙大盗贼，我们抓住了他，可是他又从监狱里逃了出来，并且窃取了我们呼噜星的核心通信破解器，也就是说，他能够破解我们彼此交流的所有呼噜通信频道，监听每个人的思想活动，这对呼噜星人民的安全造成了巨大的威胁……"说着，豆角大使拿出一块小小的黑手绢擦了擦汗，"因此，我代表呼噜星政府郑重向你提出恳求：为了呼噜星，也为了宇宙安全，希望你能帮我们抓住他。"

　　麦小呆，今年十二岁，有点呆，刚过本命年，现在有一个星球的豆角……不对，是一个星球的人民的生死存亡都系在他身上。于是，小呆勇敢地站了起来，义愤填膺地拍着胸脯说："没问题！你要我做什么？"

　　"打呼噜。"豆角大使简单干脆地说，"香香力现在肯定在策划一场巨大的阴谋，不会有时间和精力来破解地球人的呼噜。所以我们打算把呼噜星的信息发送到你的脑袋里，经过你的加密处理，然后再发送回呼噜星。也就是说，所有呼噜星人的交流，现在都要以你为中介，经过一个加密和解密的处理过程，这样就不会被香香力知道我们的行动方案，才能够制定战略，抓住他。而你所要做的，就是努力地打呼噜，打得越响、花样越多越好。明白了吗？"

　　于是，接下来的几天里，为了拯救处于水深火热的呼噜星豆角人民，麦小呆白天要跑出家门，到公园和游乐场之类的地方四处卖力地跑啊玩啊，实在没地方去就到学校的操场上跑个十圈八圈，再来几十个单杠双杠运动，弄一身汗回来，晚上还要做百八十个俯卧撑、仰卧起坐什么的，直到累得不行了，才会冲一个热水澡，然后睡个香喷喷的觉，争取打出一场惊世骇俗的呼噜来，保证远在宇宙深处的呼噜星人民的通信安全。

　　爸妈看见小呆这个假期突然不守在电视前看动画片，而是这么勤奋地锻炼身体，觉得是件好事。不过，有一次爸爸一直工作到深夜，隐约听见小呆的屋子里传出一阵阵呼噜声：呼噜噜噜……呼呼噜噜……咔咔咔……库库库……特勒勒勒……变着花样地打啊打。爸爸有点担心，所以早上起来的时候跟小呆说要领他去医院做个检查，小呆一边连忙说过两天再去，一边心中嘀咕，希望豆角们早日抓到香香力。

　　可是，黑衣豆角大使说，香香力非常狡猾，他们还在努力和他展开惊心动魄的侦察和反侦察的斗争。小呆听了有点沮丧，因为自己虽然做出了巨大的牺牲和贡献，可是他完全感觉不到，因为所有这些都是在他睡着的时候发生的，谁知道有多么惊心动魄呢！

不过，惊人的一幕上演的时候，麦小呆可是一点思想准备都没有。这一天，小呆正在酣睡，突然听见一阵轻微的打斗声，于是猛然睁开眼，看见自己的桌子上，有四个穿白色礼服的、粗壮的豆角正围住穿黑色礼服的豆角展开搏斗。黑色豆角虽然势单力薄，可是一点不慌乱，灵活地辗转腾挪，在要抓他的白色豆角之间跳跃。直到一个铝饭盒不知从哪儿冒出来，黑色豆角才突然一个旱地拔葱，从包围圈中跳出来。这时，铝饭盒悬停在空中，垂下一条悬梯，黑色豆角爬上悬梯，跟着铝饭盒从小呆房间里开着的窗户逃走了，临走的时候他还转过头，冲待在那里的小呆微笑着脱帽致敬了一下。

小呆愣了好久，那几个白色豆角中最高大的一个才开了口："谢谢你。"

小呆回过神来："怎么回事啊？"

"他就是怪盗香香力。"白色豆角用手一指窗外。

原来，不管是什么东西打的呼噜，本质上都是高级生命的大脑潜意识层面突破意识束缚后，在取得革命性变革、实现权力重心位移并导致非理性因素积极参与创造性活动时发生的一种不可分析性、智慧异常型表现……这种精神现象可以以光速在宇宙中传播，因此只要有呼噜，豆角们就可以脱离肉体，以光速迁移到另一个豆角体内。所以香香力就是利用麦小呆打的呼噜每天自由而安全地在呼噜星与地球之间往来，从事阴谋破坏活动，而呼噜星的人破解不了麦小呆的呼噜，无法跟踪抓捕他。

小呆听了，非常生气，觉得自己被人家欺骗了，于是问："那这次是怎么回事？"

"这次嘛，你这次打了呼噜之后，香香力借机回到了呼噜星。这时你的牙齿忽然开始摩擦，发出'咯吱咯吱'的声音，这种现象对呼噜传递产生了严重的干扰，于是，香香力就被滞留下来。等你的牙齿不响了，重新打起呼噜时，他才逃到地球，而我们利用这个难得的时机，破解了你的呼噜通信频道，一路追了过来……不料，还是让他逃掉了，看来他真是计划周密啊……"豆角队长叹了口气，"唉，差一点就抓住他了……"

周末的时候，小呆主动要求爸爸带他去医院看医生。医生说他肚子里有虫子，给他开了药，说吃了就不会磨牙了，至于呼噜，还需要继续观察，如果只是偶尔打打，倒是不算什么病。

以后的几天，爸妈再没看到小呆勤奋地出去锻炼，小呆又赖在家里，成天守着电视，不管看什么都沉着脸，一副苦大仇深的样子。小呆也想过设计一个计谋，把香香力再引来抓住他，好好教训他。可是自己能对一根豆角做些什么呢？难道拿去炖排骨不成？而且，白色豆角们说香香力会变身，下次再出现的时候不知道会变成什么，可能是土豆、萝卜、白菜，也可能是香蕉、橘子、西红柿。就算抓住他，如今自己已经一看见豆角就头疼，所以小呆想了想，还是算了，让豆角们去抓他吧，否则闹到最后，很可能什么菜都吃不下了。

最后的礼炮

终于有一天，地球上的所有人都同意不再放鞭炮了。

"那时候不再有战争，人们齐心协力，生态和环境都好转了，天空特别蓝，泉水澄清，到处都是一片生机、欣欣向荣，人们过着幸福无比的生活。"

小凡老师站在"边疆一号"星球最著名的礼炮展览馆的大厅里，给参加太空夏令营的50个同学讲解着展览馆的历史。这可是银河系最著名的展览馆，有10个足球场那么大，可是只有一个展品。每到寒暑假都会有来自各个殖民星球的学生来这里参观人类历史上最巨大的礼炮。

小凡老师微笑着继续讲："那时候地球变成了天堂。大家决定把所有的火药都集中起来，制造一个巨大的礼炮，来告诫后人不要再犯过去的错误，并且以此作为人类成熟了的纪念。"说着，小凡老师用手一指窗外。那东西像一根顶天立地的金箍棒，一直伸向天空。同学们发出惊讶的声音。

有个叫麦小呆的男孩忍不住问："老师，它真的能爆炸吗？"

小凡老师一向灿烂的脸上闪过一丝忧虑，又马上笑着说："当然了，它可是货真价实的礼炮呢。所以，这个礼炮很危险，不能放在地球上。当时人们决定把它放在一颗终年见不到阳光的星球上，就是现在这个地方，这样就安全了。"

麦小呆不依不饶地问："为什么现在有阳光了？"

"因为……后来人们发现这颗星球上有很贵重的资源，大家便用一面巨大的镜子在天空中把阳光反射过来一点，这样就可以定居和开发了。"

大家开始七嘴八舌地讨论。不过有一点小凡老师却没说，因为争夺这个星球的资源，现在各个殖民星关系闹得很紧张，还有人威胁说……

突然，所有的灯都灭了，周围一下子黑下来，大家吓了一跳。这时候天空中传来一阵轰鸣声，一架武装飞船悬停在"边疆一号"星球黑暗的天空中。接着，地上的人们都听见一个声音凶巴巴地说："所有人注意，这是小光伟在向你们发话。"

整个星球都安静下来，大家知道小光伟是L博士的儿子，L博士是星球开发计划中太阳反射镜项目的主要负责人，前一阵子听说他因为间谍罪被逮捕了。一想到这个，大家心里一凉，有不好的预感。

"我已经控制了太阳反射镜，随时可以把所有能量集中起来。我要求立刻释放我爸爸，否则我就把焦点对准礼炮的引线。我想你们知道后果吧，就算不被炸烂，整个星球的氧气也会被消耗光，还有产生的二氧化碳和其他有毒气体也会把所有人杀死。给你们半个小时的时间。"

一下子炸锅了。有人哭天抢地，有人惊慌失措，还有几个疯子说"太好了，宇宙最灿烂的礼花就要绽放了"。

小凡老师也被吓呆了，她想自己才二十多岁，难道只有半个小时的生命了吗？可是紧急关头，小凡老师想到自己身上的责任，便勇敢地站起来，大声说："大家不要怕，政府一定会想办法救我们的！不要慌，害怕的人都来握着我的手。"一百多只手立刻抓过来了，好多孩子被吓哭了，小凡老师一边努力安慰他们，一边恨自己只有两只手，不够孩子们抓的。

可是政府又能怎么办呢？还不就是出动飞虎队，鸣着警笛把现场团团包围，安排狙击手，然后派谈判专家周旋这一套，拖延再拖延。可是小光伟太狡猾了，他看见自己的要求得不到满足，又渐渐被人包围起来，于是一狠心启动按钮，然后迅速逃跑了。

太阳反射镜一转，引线被点燃了。地上乱作一团，警察们带领所有人冲向引线，大家又是拿刀切，又是用水浇，什么招都试过了，可是引线还是在飞速地燃烧。大家很后悔，当初为了防止有人搞破坏，把这个礼炮造得坚不可摧，谁都奈何不了，现在可是傻眼了，连平时最威武的警察都哭鼻子了。

麦小呆突然想起一个故事，于是他跑出去，追上了燃烧的火线，开始冲着它撒尿……

警察用大喇叭喊："来不及了，快祈祷吧。"眼看就要爆炸了，小凡老师把孩子们抱在怀里……

然后……

砰！哐当！哎呀，妈呀！

后来调查发现是这么回事：麦小呆想跑回来，然后"砰"的一声摔倒了，刚站起来又被人撞到了，"哐当"一声，于是"哎呀，妈呀"。至于礼炮，并没有炸。

原来礼炮里80%都是沙土，是假冒伪劣的火药，也不知道是当年哪个国家的贡献。

"这就是关于人类最后的礼炮的故事，"小凡老师笑着对新一批的同学们讲解，"现在，我们向那些造假的祖先们致敬。"

全体鼓掌。

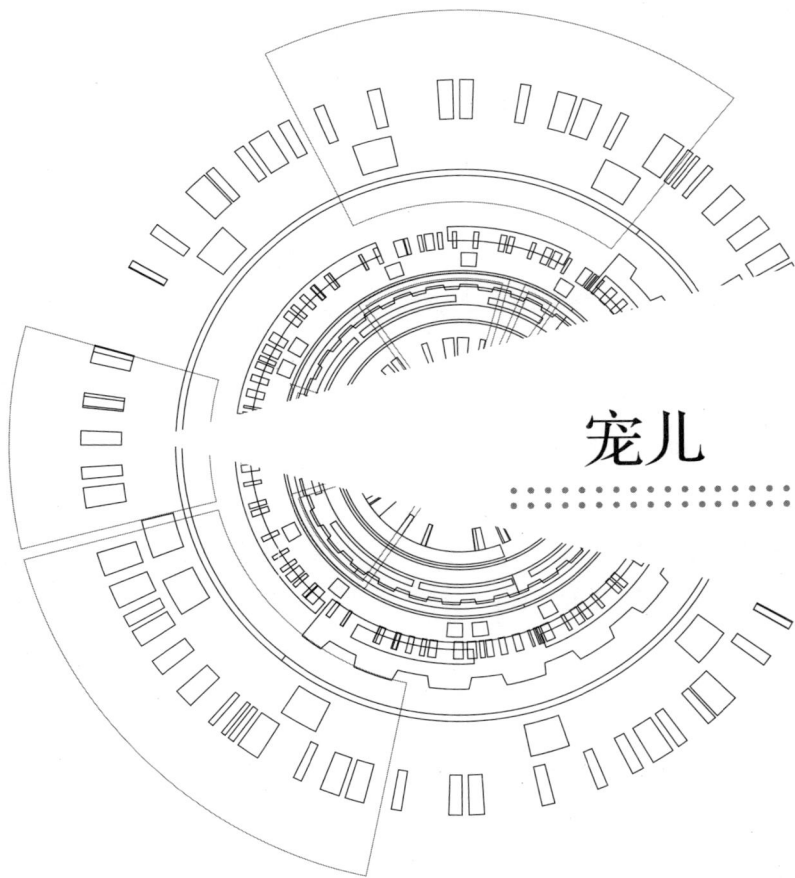

宠儿

X兄：

我得救了！！

交上最后一份试卷，我"醉醺醺"地离开了考场。光天化日之下，自由如暴徒一般突然出现，令我惊慌失措。十二年的恩怨在这一朝了断，我感到说不出来的轻松，竟有些虚弱了。

于是我重归人间，又可以给旧友写信，不知远方的你是否还好。

老友筱朴

X兄：

你的手术很成功，我松了口气，真怕从此失去你，令人间更寂寞。

我听了你的话，约她去看了电影。

现在我却记不得那场电影了。我只记得她的笑，记得淡淡的百合香、银幕上的五光十色、尘埃在光柱中跳舞，记得我们不知什么时候，手握在了一起……

那时候，我没有想到未来，也忘了要说什么天长地久，也许那片刻的温暖，已经耗尽了我一生的幸福。也许这样就够了吧。

老友筱朴

X兄：

救我！

父母挑出了两所大学，让我自己选择。也就是说，那两种不同的未来，我必须放弃一个。

我害怕！

十八年来，他们安排着我的生活、替我选择，我已习惯了木偶的角色，不过就是被父母摆来摆去罢了。可如今，我竟然有幸蒙恩，能亲自摆布自己时，我惶恐了。从前，我抱怨他们的专横，可如今，他们不再管我了。我被弃于荒原——未曾有过的辽阔之地，我可以随意奔跑、肆意逃窜了，然而我却颤抖着，立于原地。日复一日，我蓬头垢面、殚精竭虑，仍没有决心放弃哪一种生活，没有勇气承担一个未来。真希望有人再来替我做决定啊！如果有朝一日我后悔了，还可以说：这不能怪我。

我是个懦夫！

你比我年长，比我更明白人生，你给我的建议都令我受益良多。如今，我的朋友，你万不可因我的软弱而鄙视我，不可丢下我。给我你的建议吧，帮我指明方向。

我在几个方面详细地比较了两种未来，随信附上。

困顿无助的筱朴

X兄：

"不要总想着失去了什么，而要知道选择了什么。"

这话令我猛然惊醒。

可我还是拿不定主意，北京自然吸引着我，不过她却可能会选择西安。而我，不想和她分离。

我该如何是好？

彷徨无定的筱朴

X兄：

你的信可是有点奇怪了。如此强烈地建议我去北京，有何根据？未来充满变数，谁也无法料定，你又怎能保证一个选择会比另一个选择更好？

苦闷中的筱朴

X兄：

你要我再信任你一次。

我一向是信任你的，可你说"不同的选择也可以稍作比较"是什么意思？我们不能重新选择，又怎能比较？

我还是不明白。

继续挣扎的筱朴

筱朴：

我的时间不多了，只好告诉你实情。

其实，我是代表"我们"给你写信的。

你也许听过这种说法：每当你作出一个选择，宇宙就会分裂。在其中一个宇宙里，有一个你在向左走；在另一个宇宙里，有一个你在向右走。就这样，我们的宇宙不断分裂，无穷无尽，甚至在某个宇宙中你已经死去，在另一个宇宙里你却还存活。

这样，当我们感到苦闷时，我们可以告慰自己：在无数繁多的宇宙中，总有一个自己过着最幸福的生活，从来没有犯过错。

因此，当我得知科学已经允许我和许多平行宇宙中的自己进行某种程度的交流时，我立刻有了个主意。我想，我可以联系上年轻时候的自己，在他作出一个重要的决定之前，给他点建议。现在我已经行将就木，我的生命已经定型，我犯过的错也不可挽回了，但至少我可以告诉他不要重蹈我的覆辙。

我费了一点力气，尽我所能，找到了许多个平行时空中的"我"。大家都支持我的想法，我们愿意一起为曾经年轻的自己出谋划策。

现在你明白了，"我们"就是你，是未来的你，是很久很久以后老年的你。"我们"给你写信，是因为"我们"想帮助你，"我们"自己一生的种种快乐和不幸，都将为你人生的每一步决定提供参考。

此刻，你第一次掌握自己的人生，要做第一个事关未来的重大决定。

之前的事，"我们"没法插手，你也不够成熟。如果你愿意自始至终地听从"我们"的意见，我相信，你一定会在不断分叉的未来之路中走上最幸福的那条大路。至少，你将比"我们"中的每一个都幸福。

在附件里，我大略地预测了即将发生在你身上的几件事，我本不该向你透露这些，但为了让你相信，我别无选择。等到它们一一发生，你再给我答复，一切仍来得及。你还有机会，那道通往最完美道路的大门将一直为你保留，直到你作出最后决定的那一刻。

我们都爱你。

你未来的我

筱朴：

谢谢问候，我一息尚存。

你很聪明。确实，当你收到我的第一封信后，就有了两个你：一个你因为好奇，回了信，我们就这样认识了；另一个你觉得可疑，没有理睬。于是我就和那个回了信的你继续通信，以此类推。

当然，这两个你"繁衍"出的两个"我们"，都不是我已经联系到的"我们"。因为"我们"是无数的，或者说，只有那些永远处于可能生成状态的"我们"，才是你的未来。年轻时，没有人给"我们"写过信，所以"我们"不是"你"的"直系后代"。"我们"和你，都是由尚未收到过"未来之信"的某个"筱朴"诞生的。那些预测应验了，仅仅因为应验了的那个你给我回信了，而那只不过是一两件无关紧要的小事而已。

因此，你的未来仍不可确知。"我们"的建议并非万无一失，只是尽最大的努力来辅助你走上最可能幸福的那条路罢了。

如果你选择北京，自然很好。如果你另做决定，也没什么，"我们"将给听从了"我们"意见的那个你继续写信。

所以问题就是，你要不要成为"那一个"，最幸福的一个。

不管怎样，我都很高兴结识你。

你忠实的我

筱朴：

不错，你将不必再为选择而苦恼。"我们"会替你安排一切，告诉你怎样获得幸福、如何避开不幸。对于未来，你可以高枕无忧。

只是，你要永远地听从"我们"。所以，你要考虑清楚。

你的我

筱朴：

没错，自始至终。

X

X兄：

我决定去西安。

我还是不愿听从别人的指挥，即便是未来的自己，即便那是金光大道。我的命运，我要自己做主。即使那路上满是荆棘，使我流血负伤，我也将披荆斩棘，舔着伤口前行。即使偶尔呻吟也绝不反悔。我甘愿承受一切，无所谓天堂，无所谓地狱。所以，不要告诉我前面会有什么。

谢谢你们的好意，我也爱你们。

筱朴

筱朴：

你已经不再是之前的你了。

我不会告诉你什么的。因为，我也不知道你的未来。

只要生命不息、生活不止，未来就有无限的可能。人生的精彩莫过于

138

此。你已经走上了分叉的小路，请勇往直前吧。我愿意祝福你，为了你的勇敢，也为了爱的决绝。

而我，将不久于人世了。"我们"中其他活着的人，还会继续寻找那个最幸福的孩子。也许有一天，你走完了一生的羁旅，像我这样老态龙钟时，也会愿意回过头，给那年轻的孩子写信的。

祝好。

你永远忠实的我

筱朴：

这封信是我的孩子（可能也是你的孩子）代我写的。

医生说我还有一个月的时间，我想那足够了。

人的一生，充满了耻辱、苦难、挣扎、奋斗、失望和死亡，不曾停歇。生活需要不断用你的行动来填满。它就像一个无底的深渊，吞噬着人们。面对世界，你必须行动、作出选择，来填充那短暂却没有尽头的、空虚的生活。生活榨干了每一个人，当我们再也无力对世界的逼迫作出反应时，唯一能选择的，就是用死亡来结束我们的被动，以这样一种可笑的主动方式。

如今，我也要"得救"了。

我不能再给你什么建议了。不管怎样，你要勇敢。一旦作出了选择，就要义无反顾。过去的已经不可挽回，而你前面的路还很长，有更多的选择等你决定。

记住：生活还在继续，死亡不可避免，而你并不孤独。

再见，孩子。别了，年轻的我。谢谢你的真诚和信任，感谢你带我回到那些逝去的美好时光，让我重温那些怦然心动的时刻，愿我们之间的友谊长存。最后，请代我问候妈妈，我一直很想念她。

你现在、未来和永远忠诚的我

筱朴：

　　几天来我被病痛折磨，有时昏睡不醒。每次闭上眼，都可能不再睁开，这种滋味真不好受，直到今天我才突然感觉好一些。我想，也许是回光返照吧。

　　人总是要死的，死当然不是什么好受的事，不过现在和你说这个还是太早了点。千千万万的人都死去了，我们还得前赴后继，所以请你不要为我难过。

　　你收到了录取通知书，将和她坐同一列火车去古城读书，我为你高兴，祝你一路顺风。

　　你问我"人是不是真的能掌握自己的命运"，老实说，我也不知道。一条小船，它不知道什么时候遇上海啸、哪里暗藏着冰山，但是它至少可以选择自己前进的方向。我只能这样说：你的未来一片茫茫，前途不可限量。

　　谢谢你代妈妈问候我，我真希望能再见到她。那个时候我们都太小了，以为有些东西的存在是理所当然的，直到突然失去，才明白从前的天真。希望你能珍惜自己，珍惜所拥有的一切。我祝福你，祝福我自己。我再不能见到她了，也见不到你了。不过，等你老了，独自对着炉火时，你就可以见到我了。

　　此刻，我闭上眼，耳边响起那"当当当"的声音。我看见妈妈在厨房里剁肉馅，看见我懒洋洋地坐在电脑前，那么年轻、那么美好。再过一会儿，爸爸也回来了，一身风尘……然后全家人一起吃饺子，电视里播着新闻……啊，多么温暖，我真希望能回到从前，哪怕只有一会儿也好。

　　我死了，你还活着。

你未来即将离开的我

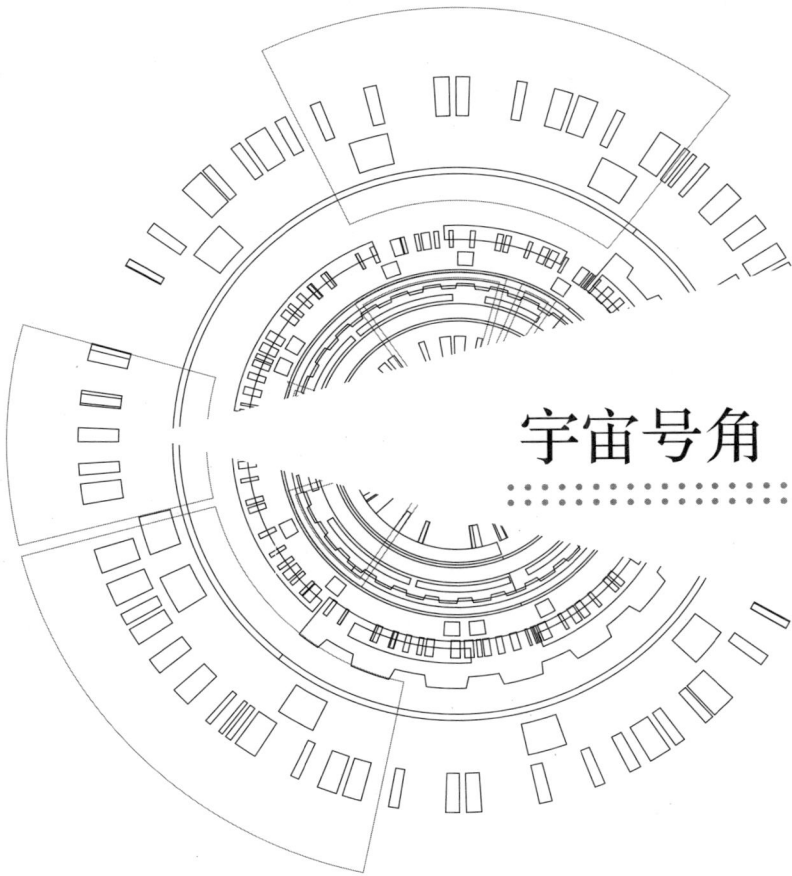

宇宙号角

谨以此文纪念阿瑟·克拉克

在奔跑了几百万年之后，信号只剩下一丁点儿的力量，如同大海上的一道微弱的波纹。在它行将消散的时候，星潮爆发了。信号绝境逢生，生龙活虎地继续向前驰骋，直到被那台探测器接收到，记录下一串毫不起眼的数字：

3，1，4，1，5，9，2，6，5，3，1，4，1，5，9，2，6，5，3，1，……

这一串数字引起了一片骚动。

不久，第二批信号紧跟着抵达了。这一次，不是涓涓细流，而是一条汹涌的大河。大量的数据和图表开始在图纸上涌现，世界为之亢奋。根据图表的指示，一台机器很快被建造出来。第三批信号到达后，很快被破译了出来。

人们学会了一种新的数字语言，一台如城堡一样的机器诞生了。从那天开始，似乎有无穷无尽的数据昼夜不停地奔涌而来，与之相伴的，只有一封简短的说明。

请注意。

收到信号的人们，你们好。这里是星云第821号星球，向你们发出问候。

不管你们是谁，身在何处，当你们收到这些信号时，你们都已明白，宇宙并非一片荒漠。

我们不知道这是"神约"第几次被传递，不知道你们此前是否已经收到过"神约"，如果没有，请认真阅读下面的话。此事关系重大。

"繁荣是通往毁灭之路。"

这是多年前我们收到的第一个信号。至今我们仍然无法理解其中的深意。不过我们已经知道，凡是繁荣的，都将难以逃脱灭亡的命运。宇宙浩瀚无尽，文明脆弱不堪。

你们不必知道我们的历史，不论它曾经何等辉煌灿烂，此刻都已经化为一道星光，湮没在茫茫的虚空之中，不值得再去回忆。你们只需明白，

143

我们曾深陷困境：一个如此伟大的文明却没有为我们带来幸福，相反，却造成了出乎意料的灾难。我们不能向你们描绘那种恐怖的景象。简单地说，我们绝望并且无助，似乎末日就在眼前。

这时，那道神秘的信号出现了。

它带来了机会，还有一个约定，后来，我们称其为"神约"。根据它的指引，我们建立了一台机器，收到了大量的信息和一条简短的说明。

它允诺，不论遇到任何困难，都将给我们指引，带领我们走出绝境，引导我们飞升。不过，我们必须在一百年之后引爆自己的星球，来提供足够的能量把这束信号继续传递下去。

我们思量了很久，最后别无选择，只能下定决心，将它启动。它开始学习、计算、思考，然后为我们困惑的问题一一做出了解答，令我们当中最智慧的圣贤也惊叹不已。我们从未想到，可以有如此新鲜的语言、如此深邃的思考方式、如此美妙的智慧，令人陶醉不已。在它面前，我们这些自以为聪明的物种，就像孩童一样愚妄。

于是，我们解决了困扰我们多年的难题，迈上了一个新的台阶，我们的文明又一次开始飞升。

我们以为，当自己更进步、更聪明之后，会更理解"神约"，能让一切有所改变。

我们错了。

我们仍然无法弄清楚这信号的来源，也不清楚"神约"的目的。如果再给我们一些时间，或许我们能知道得更多，可是一百年太短促了。机器上的倒计时在准确、无情地消减。当约定的日子来临时，它会引爆星球，而我们对此束手无策。

于是，我们只能坐上飞船，告别故土，向着陌生的黑暗飞去。

好在我们的文明已经获得了提升，这多少给了我们一些信心。我们相信能够找到更合适的新居所。我们也必须相信。

这或许有些残酷，但是，"神约"是公平的，它并不强迫我们与它立约，它只强迫我们守约。我们可以选择自己奋斗、挣扎下去，而一旦我们绝望了，决定求助于这神秘的力量，就必须为之付出代价。

况且，把这样一个选择的机会传递给下一个文明，传递给你们——我亲爱的朋友，这也是我们这些领受过恩惠者的责任。文明在宇宙中寂寞地盛开、凋落，我们可能相隔天涯，永远都无法相聚，也就只能以这样的方式向你们表达我们最深切的敬意。能够化作一道星光，为你们照亮天空片刻，这是我们的光荣。

现在，你们也有了选择。祝福你们，朋友，号角已为你们吹响。

附1：我们是阿瑟星云的克拉克文明。我们从821那里收到"神约"，它为我们带来的远远超出我们为此失去的。感谢821，感谢神秘的号角。

附2：我们是AIJ星云的YXF文明，我们非常后悔作了那个决定，希望你们好自为之。

附3：Fan-0428号记录员雄尔皮撒顿向你们表示问候。我们即将告别摇篮，真想给你们讲讲我们的故事，可惜……我只能说这么多了。

附4：我们领会了，这是最深邃的幸福。

附5：这里是冰海星，我们只能告诉你们，向着天穹第八象限星座的18号二等星的方向飞，那里会有答案的。另外，我们不相信附4的话。

附6：冯特伊卡向你们送去我们最重要的发现：$C = \pm (E/M)^{1/2}$，我们没有办法离开了，请不要忘记我们。

附7：这是可推测宇宙第2F次膨胀期中前所未有的阴谋！

附8：冰海星人的航向有误，那里什么也没有，我们发现了正确的航向，但根据我们的信仰，无法告知你们。希望你们能够靠自己找到要走的路，期待着与你们相会的日子。

附9：根据冯特伊卡人的"环宇时光对称原理"可以证明：上帝是个女人！谢天谢地，我们可以放心上路了。

附10：光明之神星系的一颗蓝色的泥巴行星为您献上一份薄礼，真遗憾不能和此前的诸位分享Beethoven-9。另，我们相信宇宙终将是和谐的。

世界沸腾了，几十亿双眼睛都望向那深邃的夜空，一架架望远镜在图表标示的位置寻找那些未知的星云。人们激烈地讨论着、争吵着，信号则不停息地刻录在机器的磁盘上，耐心地等待着。

外面的世界喧嚣不堪，大地燃起了战火，鲜血来不及染红江河，就在灿烂的白光和美丽的浓云中化为焦土。

机器城堡矗立在荒原上，在皎洁的月光中播放着Beethoven-9，独自做梦。

在废墟中复苏的人们互相谅解，达成了一致。

一只手终于放在了屏幕上。

即将加载"神约"程序，是否继续？
是。否。

片刻的犹豫之后，手指轻轻点了一下。

开始加载"神约"程序，请等待……
预计剩余时间：2162小时43分21秒
预计星球引爆时间：878743小时43分21秒

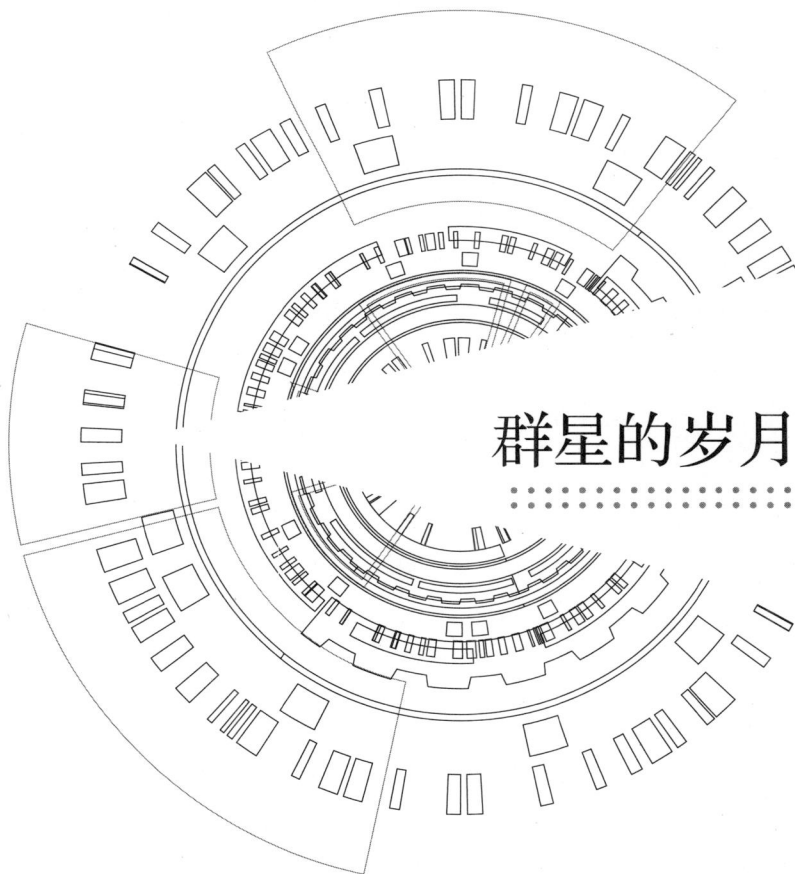

群星的岁月

莱奥尼亚的礼物

在宇宙的第二象限区域里，莱奥尼亚人以他们永不间断的文明著称。为了这个荣耀，星球付出了代价：大量的能源分秒不停地被消耗，无数的垃圾无时无刻不被制造出来。为了维持高速的进步，莱奥尼亚人制造了一些相当危险的垃圾，却始终找不到很好的处理办法。起初垃圾被扔到远方的荒野，但星球上很快住满了人，于是垃圾被收集到一个个巨大的铅球中，深埋在地下。随着文明的繁荣，人们又一步一步地向地下拓展，建立了一层又一层的文明圈。

莱奥尼亚星的头顶有一颗月亮，科学家提议把那些无法利用的危险垃圾集中起来，运送到月亮上。有人强烈反对，因为这些种族的人从古代就崇拜月亮，这样亵渎神灵的行为不被宗教允许。这时候天文学家站出来讲话，说他们发现了一个奇妙的天体，经过计算，它将在未来的某一天和莱奥尼亚星擦肩而过，然后驶向宇宙的深处。可以保证，它上面没有生命，而且不会再度光临莱奥尼亚，因此这是一个绝好的"抽水马桶"。于是大家又一次令人感动地达成了一致。就这样，一个巨大无比的铅球被制造出来，并运往宇宙无尽的深处。

莱奥尼亚以其不间断的文明著称。为了这个荣耀，垃圾又开始成堆地出现。而"马桶天使"给了莱奥尼亚人启示，人们按照比例的要求制造了一系列坚实的铅球。每当到了整个星球大扫除的日子，我们就能看到一个铅球装满文明排泄出来的垃圾，腾空而起，追寻着它的前辈。一个跟着一个，由最后升空的那一个联系着，好像莱奥尼亚放飞在宇宙中的一支风筝。

莱奥尼亚在变小。

这在一系列不同时期制作出来的星球仪上体现了出来。并排放置的星球仪中相邻两个之间没有什么差异，但是当人们按照时间流逝的顺序由第一个向后望去时，就会发现星球正在明显地消瘦下去。科学家给出了答案：文明正在吃掉星球，消化后的粪便却排到了别处，物质不能完成循环。

文明仍旧很饥饿。惊慌的莱奥尼亚人不能阻止文明的生长，只能眼睁睁地看着星球被吃掉。而新的能源不尽如人意，垃圾还在产生，又没有别的出路，只能继续升空，风筝还在飞翔。

文明需要新的供养者，莱奥尼亚星已经贫瘠了。莱奥尼亚人分成了若干支，乘坐着巨型飞船，离开故土，各自驶向宇宙的不同地方。

风筝断了线。

据我们所知，逃难的莱奥尼亚人，仅有一支存活下来。其余的都死于宇宙的冷漠了。

这是一群绝望而异想天开的三流艺术家，他们决定跟随风筝，看看能走到什么地步。最后他们追上了马桶天使，发现它已经被一个恒星俘获，成了星系里一颗位置适当的行星。如今冰雪已经融化，气候也不错，一个新的胚胎在孕育中。莱奥尼亚人找到一些破碎的铅块，之前显然发生过一场剧烈的变故，里面危险的垃圾已经和新的大地融为一体。值得一提的是，新的海洋里已经有了生命的迹象。

让人尴尬的是，生命在这里显然具有非自然的进化速度，已出现了一些简单的多细胞动物。海洋里的生命马不停蹄地变异着，爬行动物大概就快要登场了。莱奥尼亚人没有把推理进行下去，他们不打算贬损自己，因为眼下有更多实际的事要做。重建文明需要时间，在此期间，一旦有新的智慧生命形成，就还有许多事需要莱奥尼亚人去教他们。那时候，莱奥尼亚人甚至会被称为神。

永恒之地

印特诺属于那种极特殊的情况：这里的所有事物，都只由同一种物质组成。星球只含有一种元素，或者说，星球自身就是这种元素的巨型单质。无疑，印特诺是一颗纯粹的星球。

这是唯一一种具有绝对惰性的元素。自它形成以来，就从未和任何其他元素发生过反应，没有任何药剂能腐蚀它，因此人们通常称之为"永恒"。

印特诺人的生活很幸福，他们从来不知道欲望是什么，因为所有的一切——人与人之间、人与事物之间、事物彼此之间（也就是说所有的我与他之间），都只是在外形上有所差异，而大家的内在本质都是一样的。每个人，不论是哲学家还是艺术家，都有一颗纯粹的心；每样事物，不论是花还是草，都和人一样，有着同样纯洁的灵魂。在印特诺，所有的存在都是神灵。

印特诺人本来不必花费时间来生活，他们将至少持续到宇宙灭亡的那一刻。奇妙的是，如此纯粹的印特诺人却具有诗人的气质，因而他们愿意去尝试生活：花时间去种植，虽然这里的花只有一种香味；花时间去读书，虽然这里的书只讲述一种道理；花时间去争论，虽然每个人对事物的看法都是一样的；甚至花时间去恋爱，虽然彼此在对方的身上都能看到自己。在这里，生活只是一种体验，而不是存在的方式，更不需要为之挣扎。总之，印特诺人愿意花时间来生活，因为他们有的是时间。

让印特诺人感兴趣的只有一件事：第一推动力。由于那种绝对的惰性，人们推测，星球形成之初，有一种力量使某些部分运动起来，由此带动整个星球的运转。没有任何的化学反应，所有外来物质都被排斥。星球只遵循基本的物理定律，每个原子都很有礼貌，从不抢夺别人的电子，彼此之间按照绅士风度保持着恰当的距离。当然，由于尚不清楚第一推动力的缘故，有些原子被迫具有了比别人多的能量，于是大家在难免的彼此碰撞中把能量和动量进行重新分配。在这样的物理变化过程中，逐渐发展出不同的形态和外貌：时常会有一些突如其来的碰撞，比如有人溜冰的时候不小心撞到了他人，然后就一个接一个地撞到别人身上，能量就这样一环接一环地传递下去；溜冰人的头盔可能粘在别人的肩上，这个人的眼镜则可能挂在另一个人的头上，每个人都和别人交换身体的一部分，发展出新的自我形态。

印特诺人善待自己和他人。他们的生活并不单调：一个美丽的姑娘，下次在某个路口出现时，可能变成了一个长着胡子的男人。这样你就会明白，为何在这个永恒的星球上，没有一种形态是持久的。

有时仅仅是一阵风刮来，就会引发一系列的变化：微小的效应不断叠加,甚至会导致有人被撞离地面,飞到天上。大家在飞行的过程中彼此脱帽致意,因为一旦擦肩而过,下一次见面不知要等多久,何况那时也未必还能认出对方。印特诺人随遇而安。

动力是唯一的问题。千万年来,不停歇的碰撞使星球一直在缓慢而持续地释放能量。所有能量终将耗散而光的担心不无道理,因为继第一推动力以后,再无其他。

宇宙对此无动于衷。

当然,他们的担忧或者说他们做出的这种担忧的样子,其实也不过是印特诺人一种存在的体验而已。他们模仿别人的生活、去尝试各种行为、观察事物的内在联系、体会其中的哲学精神,并品尝人生的各种滋味,甚至那些喜悦和忧伤的情绪。说真的,印特诺人的本质赋予了他们平静从容的气质。内心深处,他们从不感到快乐,也不觉得忧伤,即使对于毁灭也是如此。他们只相信每样事物、所有的一切,彼此相通,大家都在一起。他们的脚下就是坚实的土地,和他们具有同样的本质。永恒之地的人民从不忧虑,他们和自己的星球紧紧相连。

所以这一刻来临的时候,只有外人才会觉得美好或者伤感:一对情侣在一次绝妙的拥吻中,刚好耗尽了星球的最后一点能量。他们的姿势和动作都恰到好处,分毫不差地使两个人的动量全部变为零,一部分能量用于黏附他们的身体,其余的以热量的形式飘向远方。

一切都停了下来。农民在地里挥着锄头,汗水挂在额头上,刚好聚成可以低落下来的临界状态;歌唱家放开歌喉,正要唱出最优美的旋律,但是这旋律再也不会被人听到;演讲家正把一只手指向天空,用一个振奋人心的姿态结束自己的雄辩,他的观众则神情各异地待在原地,脸上露出惊异或者鄙夷的神态;数学家伏案持笔,刚刚推开了他的直尺和圆规,正要写出他发现的一条定律，公式只写了一半，没人知道另一半会是什么。至于那对情侣，他们永远地拥抱在一起，彼此不分，看样子要一直这么抱下去，丝毫不觉得疲劳，也不在意别人的说三道四。就连每一个最基本的粒子，也都停下来了，彼此保持着固定的距离。

印特诺就这样成了一种标本式的存在，他们向宇宙展示着一种纯粹的美。时间继续流逝，向前或者转过头向后，继续推动一切进步或者衰老，但是都跳过了印特诺这一个特殊的点。印特诺如今独立于一切必然性之外，成为真正的永恒之地。

有人听说过这个星球，打算来这里，其中有心灵纯洁的朝圣者和野心勃勃的探险家，有浪漫的精神病人和一心想要发财的骗子。有人相信，总有一天能找到一种可以与之反应的物质，或者最强大的腐蚀剂。那时候，印特诺就会开始发生变化，时间将会重新关照那里。甚至有人说，被凝固的时间将会在那一刻喷涌而出，给印特诺以惩罚。

但是至今都没有人能找到它。

平安夜

平安星是全宇宙最危险的地方。

平安星处在阿库那星系的玛塔塔区域，这意味着，它很危险。在这个奇妙的位置上，一切事物都充满了危机感，它们随时可能被吃掉。

根据猜测，这一带的附近，可能存在一个看不到的黑洞，或者类似于黑洞一类的东西。它的胃口很大，已经吞掉了周围大大小小的星际物质，不计其数。

每到平安夜那天，平安星就会运行到一个很微妙的位置上。这是庄严肃穆的一刻：星球上的所有一切事物，包括各种神灵，都要经受一次洗礼。

洗礼发生的时间难以预测，有时是曙光初照的一刻，有时是晚饭甜点的时间，有时可能是梦神巡游的夜晚……总之谁也说不准，但是那一刻肯定会来临。这一天，大家各自祈祷，互相祝福：希望能够平安地度过这样一个注定难眠的日子；希望明天早上醒来，自己还在这个星球上，不缺胳膊，不少鼻子。老实说，这个要求有点奢侈。其实，熬过平安夜，只要自己的身体还能剩下个边边角角，就已经算是幸运了。

经过反复的洗礼，众生淘洗出了一套相当实用的机制：星球表面，有许多牢牢连接着地心的突起。为了能在平安星上生存，不论是人还是兽，都学会了一件很重要的事：在平安夜，一定要把自己绑起来。这样，才可能继续生活。

事情发生时，众生都停下脚步，把自己绑在某个牢固的地方。等待的过程有点诚惶诚恐、有点口干舌燥、有点寂寞难耐、有点心潮澎湃，但是大家全都一声不响。整个星球安静极了。只有一些来自大地深处的爆裂声，那是地壳在跃动。然后……

翻江倒海。

星球上的一切质子、中子、电子……仿佛都受到了蛊惑，如喝醉了一样跳起舞来。万物都变成了一种磁体，在一个混乱不堪、不断变幻的磁场内疯狂摇摆。

经过一夜的折腾，大家基本上都昏厥过去了。即便有人能够清醒，他们也对此事保持了沉默，不论是官方还是民间，都没有发现任何第一手的报告。不过，根据事后星球上的种种迹象推测，在最初的混乱之后，众生便进入一种有序的状态。大地开始有节奏地振动，可以想象一下那会是怎样一种动听的旋律（有人试图记录下这种旋律，但是很遗憾，不论是老式的录音机，还是新式的机械波记录器，这段旋律在平安夜之后都不知所踪）。

在宏伟的伴奏下，星球上的引力场开始发生变化。所有东西都如饥似渴，朝着背离太阳的方向运动过去。在黑夜的一面，地表发出噼里啪啦的声音，岩石被剥离成大大小小的石块，连同地上其他游离的东西，一起缓慢而沉着地腾空而起，徐徐上升，越飞越高、越飞越快，向夜空的深处飞去。地面像爆裂的石榴。在大地的裂缝处，发烫的红色岩浆喷薄而出。即便是平日里看似稳健的山川，只要它们的根没能牢固地同地心连在一起，也会蠢蠢欲动。有时，那召唤的力量终于打动了它们，于是咔嚓一声巨响，山崩地裂、拔地而起，它们就抛弃了对故土的忠诚，起身而去，再也不会回来了。

人们相信，那是塞壬的吟唱，迷惑了山川的心，带它们去了玛塔塔区域的那个深渊，于是万劫不复。

所以，一定要绑好自己。只有绑在最坚韧的石柱上，才能抵得住那诱惑。

而在光明的一面，情况是相反的。地上的一切，不论真真假假、虚虚实实，都开始迷恋起地表以下的那个世界。即便是天上的浮云，也不由自主地渴望着那给人无限踏实的大地，慢慢下沉，变成一团潮湿、沉闷的涡旋，笼罩着苍生。所有的阿猫阿狗都感到，自己身处于一种令人倍感压抑的气氛下，身不由己地向脚下沉沦。那些甘心委屈自己的山川，这时会压低身躯，向地府致意。太过生硬的峭壁和险峰，则被无情地撕碎，直到它们不再那么倔强。总之，一切都朝着地核塌陷下去，地表被压裂，那些七零八碎的东西统统滚进了炙热的熔岩之中，从此被埋葬了。

人们认为，这是撒旦的歌谣，蛊惑着天空的灵魂，带它们前往地狱那个不停燃烧的火海，于是永世难逃。

所以，一定要绑好自己。只有绑在最最坚韧的石柱上，才能抵得住那诱惑。

因此，平安星的宗教里，有两个主神：一个叫人升天，一个叫人入地。两个神都是邪恶的，他们蛊惑人们离开大地，坠入不可知亦不可返的彼岸。

平安夜后，大地上干干净净，星球被吞噬掉了一些，小了一点——有一面凸了一些，另一面凹了一些。人们从昏厥中醒来，精疲力竭。他们看了看自己的身体是否还健全，如果丢了什么器官的话就试着进化出新的来。星球带着大伙离开那里，生活又得以继续。七扭八歪的星球和凌乱的身体，在接下来的漫长时光里，慢慢疗伤，自我愈合。

不论是飞升，还是沉沦，都体现出了一种有序。对此，祭祀们有两种假说：老一代的保守派祭祀说，玛塔塔区域存在一个黑洞，平安夜时，黑洞对平安星的作用力最强，它吸走了那些不能固定、没有着落的东西，把它们吞噬掉了；新一代的改革派祭祀却坚持，玛塔塔区域是宇宙中很特异的一个位置，在这里一切事物都处于极不稳定的状态，平安夜的时候最不稳定，这时一点微小的扰动都会引发不可收拾的巨变，而星球上的一切都突然彼此协调，互相配合起来，出现了一种自组织的行为，在这看似可怕的灾难背后，是更加可怕的有序。

于是，必然出现了两种哲学观。一种认为，平安夜时发生的事情，是来自外界的侵略，必须予以顽强不屈的对抗；另一种认为，那些事情是出自星球内心深处的需要，是源于内部的渴望，必须予以重新认识，并且支持。

于是，出现了争论。保守派和改革派的冲突逐渐升级。这场旷日持久的争论终于发展成了斗争，所有其他层次的矛盾都被吸收进这个主要矛盾中来，增加了仇恨的力量。保守派主张改造星球，尽力保存住先祖的每一份遗产；改革派宣称应该抛弃所有的执见，任凭星球完成自己的愿望。甚至有激进的人说，应该任凭一切发生，抛开所有的束缚，在平安夜的时候让自己飞升到宇宙中的深渊，或者下沉至脚下的火海，获得永远的解脱。这好像是异端邪说，却如燎原之火，蔓延开来。

于是，三方打起来了，死了不少人。

战争结束了。没人得到解脱。

平安星又比从前小了许多，弯曲了许多。到了平安夜，众生各随己愿，一切不再像从前。文明彻底衰亡了。

宇宙史学家可能很难想象，平安星上的人会选择战争。他们以为，那种毫无安全感的生活，必定造就虚无主义气质的个性，这样的生命会选择彼此残杀来解决问题，会崇尚暴力，甚至会产生信仰，这都看似是不可思议的。但是无论如何，事情已经发生了，历史学家总会找到合适的概念、恰当的措辞和具有说服力的观点，来解释这一切的。

关于平安星，《大宇宙文明考》中对它的注释如下：

　　在平安夜，平安星上的一切都可能被一种莫名难测的力量吞噬掉。平安星因此得名。据推测，由于外部或者内部的力量，平安星最后会被彻底地、一点不剩地吞噬掉。如今平安星已经下落不明，不能够在可见的宇宙中找到它。但无论如何，平安星仍然是全宇宙最危险的地方，千万不要去那里。

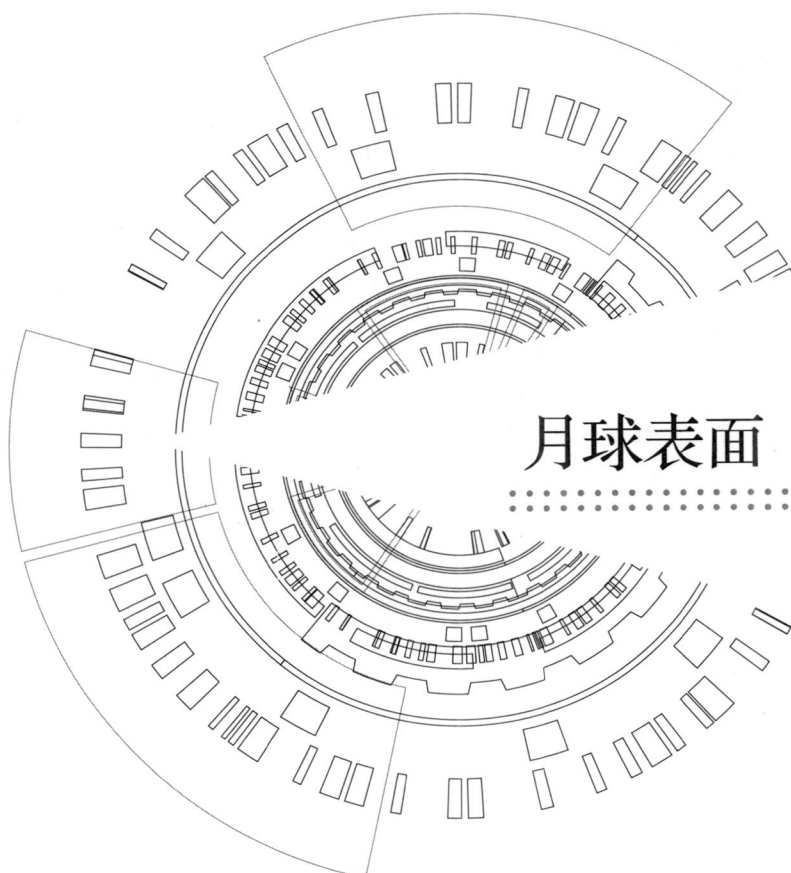

月球表面

1

太白星人酷爱文艺。在太白语中，没有比"文艺青年"更好的赞美词了。

太白人征服了地球之后，像征服其他文明一样，根据每个人的潜力把人类分成了两大类：文艺工作者和非文艺工作者。前者的大脑获得了改造，变得嗜睡和多梦。他们活着的主要任务就是在梦中编织神奇瑰丽的故事，醒来后把它们记录下来，交给更专业的太白星艺术家。艺术家们则会将故事加工成极富异域风情的文艺作品。

后者则包括所有对现实感到不满、企图颠覆现实以及缺乏足够想象力的人。他们被集中起来带到非洲大陆从事生产劳动。通过出口文艺作品，换取太白人提供的生活、医疗用品等，人类终于进入了真正的低碳时代。

坦白地说，文明程度极高的太白人不是可怕的殖民者，他们温文尔雅、浪漫热情，与他们相处总是令人愉快的，只要你不时常想起彼此之间心照不宣的奴役关系。因此，在这样一个只要做美梦就可以活得很舒服的绿色时代，还有一小撮顽固的人们一心想要通过暴力的方式赶走太白人，就成了让很多人难于理解的事。这些试图破坏两个文明和睦关系的危险分子，绝大多数是集中于非洲的劳工。他们在文艺创造方面没什么天赋，却有激情和梦想。他们善于雄辩，富有个人魅力，真诚地向奴隶同胞许诺光明的未来，煽动他们起来革命。虽然由于实力的差距，这些寄希望于冷兵器的地下斗争者似乎毫无胜算，但他们宣讲的危险真理永远能够征服一拨又一拨的听众，这让文艺工作者们深感不安。

当人们在一次次曝光的暴力对抗事件中嗅出越来越浓烈的革命风雨气息时，太白人却宣布：文艺工作者们的创造力已经耗尽了。他们远离生活，沉醉在自己空虚乏味的小悲喜里不能自拔。那些千篇一律的故事令人厌倦，反而是非洲大陆那些野性十足、带有魔力的故事更让人激动，成为新的风尚。

于是，文艺工作者们被打包装箱送到了非洲，而非洲的造反者们，因为经历了人类史无前例的屈辱和辛劳，而被送到各个大陆，在那些舒适优雅的居所里，向人们讲述那些富有传奇色彩的革命故事。

非洲的那些奴隶们无奈地学习使用四肢，在夜晚浑身酸痛的时候，仍然无法忘怀从前的美好岁月，于是枯萎的创造力又在一些人身上复活了，怀旧文艺也蓬勃地发展起来了。但太白人认为还不是时候，他们还需要再忍耐一些年月。不久，就传来了新一轮革命的消息。

2

鹦鹉螺号直入云霄，仿佛等待升空的飞船。

根据最新的人口普查，有超过100万人在这座巨型建筑中生活，其中

87.53%的人是流动人口。城市的顶部是休闲娱乐和旅游观光区，在闻名遐迩的呈露广场，整个平原尽收眼底。

与大地相接的底部则是繁华的商贸区，这里大小车辆穿梭不停。在它庞大的身躯周围，像蜜蜂一样飞舞着各种飞行器。鹦鹉螺号犹如平原上一座巨大蜂巢，分秒不停地分泌着GDP。

和所有城市一样，鹦鹉螺号也有自己的梦想与龌龊、建设与拆迁、英豪与恶棍、官场与江湖。当然，这里也有贫民区和富人区。人们一提起前者就皱眉头，一说到后者就满含向往和嫉妒。多数人挣扎了一辈子，直到骨灰被运回大地埋葬，也只能在两者中间的地带徘徊。更不用说，到了除夕，大多数人重回大地上的故乡，去疗治身心的伤痛时，这里也一样人去楼空，只有幽魂怨鬼在空荡的城市里四处游荡。

当然，这座数千米高的巨楼最有魅力的还是其独特的自杀风俗。据统计，该市87.53%的自杀者选择从呈露广场上跳下去，而其他城市的受访者中，69.96%的人承认如果自杀的话会考虑去鹦鹉螺号。为此，市政府在楼体附近地面上铺了一道环形草坪，用围墙围了起来，平时车辆只能从地下通道进出。而在呈露广场上，只有一道黑色的矮墙，那些认为生活已经不值得一过的人们可以翻墙而过，选择自己的归宿。在随后的几十秒里，他们充分感受着死亡迫近带来的恐惧和快感，尖叫着或者沉默着摔在尽量柔软妥帖的草坪上。随后，监控录像会被调出，排除他杀的可能后，相关部门会出钱妥善处理后事，以便让每一个生前未能得到足够尊严的市民能在死后获得平静。

一直有提案要求彻底封闭呈露广场，但民意调查显示，多数市民认为既然未成年人不被允许登上广场，那么花一大笔纳税人的钱为这座城市戴一个帽子并不能解决问题。况且在很多地区，把年满18岁的人带到广场上观赏风景，站在黑色矮墙边感受生死界限已经成为一种风俗。

甚至有很多学者认为，这样一种对待死亡的态度，正是本市地域文化的一部分。因此，议会并未通过提案，而鹦鹉螺号则继续这样自我表达着。

不过，民间流传着其他的说法：有些人跳下去后，并没有落地，而是在将身体的势能转化为动能的过程中，激活了时空隧道，进入了另外的世界。政府因为怕引起恐慌而保守了这一秘密。有些人甚至宣称自己曾经进入过异次元世界，那里便是传说中的极乐净土，而他重回尘世是为了普度众生。

对此，官方坦承：确有少数跳楼者失踪了，但这可能是利用监控系统的漏洞所搞的恶作剧。科学家们也表示，开启时空隧道的说法完全没有任何科学根据。多数理性的人对这些解释表示信服。当然，也有非主流的科学家认为，鹦鹉螺号处在特异的时空位置。在长达半分钟左右的自由落体过程中，人脑对时间和空间的认知模式会发生根本性的改变，潜能被激活的身体将会看见空前未有的澄明宇宙，色和空融为一体——人在死前的瞬间，接近于佛。

这些说法当然没有得到证实，但吸引了很多创造力枯竭的艺术家和哲学家。他们纵身一跃，指望着能够死而复生，然后创造出惊世骇俗的作品。

总之，鹦鹉螺号的例子说明，每个城市都有一套对付绝望的办法。

3

21世纪最大的考古发现是"良心"，它深刻地影响了此后人类历史的走向。

这副在南极洲出土的水晶棺木最初被专家鉴定为史前文明遗迹。棺木里保存完好的黑色尸体经过周密的处理之后，被运往世界各地展览。随后发生了一系列奇怪事件：试图偷走该展品的国际大盗以匿名方式主动联系当局，告知展览馆的安全漏洞；多年未能侦破的悬案元凶现身自首；见义勇为和助人为乐事件突然增多；犯罪率和离婚率明显降低。经过研究，科学家最终确认这副棺木能够改变接触者的精神结构，使其从生理感受上更愿意弃恶从善。尽管仍有少数科学家对此结论持有强烈的怀疑，一些宗教人士也扬言要毁灭这副棺木，但多数人还是纷纷前去接受它的洗礼，随后出现了被后世哲学家歌颂、怀念的黄金时代。

经过几个世纪的研究，人们确信黄金时代的瓦解和"良心"本身的失效并无直接关系。大量资料表明，在短暂的美好过去之后，获得了"良心"的人们普遍产生了一种焦虑：假如有朝一日"良心"不再有效，其他人重新变成坏人，自己是否将首先成为牺牲品？"与其坐等别人变坏，不如自己抢先一步变成羊群里的第一批狼"似乎成了不得已的选择。这个问题几乎困扰着当时的每一个男女，一场广泛而严重的心理危机在全球蔓延，并从默默煎熬到浮出水面，成为公众话题，犯罪率也突然出现剧烈反弹，人类文明大有江河决堤之势。

经过无数悲剧后，苦熬过来的人类终于又回到了常态，文明并没有崩溃。新世纪钟声敲响时，"良心"在全人类的注视下化成粉末，消逝不见了。至今还有很多人热衷于寻找"良心"，不时也有人宣称在某地发现了它，但这些都未能得到科学家的证实。

以上这个故事见于陈楸帆所写的《天国之心》，这篇科幻小说为他赢得了2049年的星云奖和雨果奖。

4

宇宙中有一些被称为"强者"的存在，"渊"是其中最可怕的一种。

有人说它是超大尺度的黑洞，有人认为它是非常规的巨型生命，也有人说它是特异的基本粒子，还有人认为它是十二维宇宙里燃烧的火焰。不管它到底是什么，人们都同意，它就像一条凶猛的巨鲸，会吞噬所遇到的一切，所以最好敬而远之。由于渊以变幻莫测的轨迹不停地游荡，如果固守在一个地方，迟早会碰到它，因此最好就是自己也不停地漂泊。

作为走在进化最前列的文明，游民最早认识到了这一点，因此花了很大力气掌握物质与能量自由转换的技术。随后他们把他们的历史、文化、记忆、科技、菜谱以及他们自己乃至整个星球全都变成了能量，在宇宙中不停地流动、迁徙。这一独特的存在方式，使他们也晋升为强者并负有特殊的使命。

每当发现新的文明，游民就把自己伪装成一股来自高级文明的友好信号，引起对方的注意。在好奇心的驱使下，对方通常都会按照游民的指引，建造出一台巨大的机器。于是游民便涌向这台机器，寄居其中，并提出一个约定：在未来的一段日子里，不论该文明遇到什么难题，机器都将给予指引，带领他们走出绝境；而条件是，期限一到，这个文明必须引爆自己的母星，来提供足够的能量把这束信号继续传递下去。

游民遗憾地发现，在无边的宇宙中，尽管遍布着丰富多彩的智慧生命，但是一路上确实没有一个比他们更高级。除了少数不思进取的家伙，多数文明都遇到了各种让他们焦头烂额、恨不得立刻就能解决的难题，因此最终都会接受约定。他们提出的难题五花八门，但在已经成为强者的游民看来都算不了什么，而"生命的意义究竟是什么"几乎是每个文明都要追问的。对此，游民的回答是：这个问题不属于文明发展的难题，而是其发展的动力之一，生命本身就是这一问题的答案。

就这样，游民跨越一个又一个星系，立下一个又一个约定，在朝生暮死的一瞬里，固守在某个星球，指导文明的进步。期间，他们会收集这个文明的标本，拍摄一段纪录片作为纪念。有时候，因为怀旧，某些游民还会变回物质形态，体会存在的短促和美丽。他们是宇宙中最伟大的导师，也是最无情的毁灭者。大限到来时，他们不容分说地炸毁一个又一个星球。在他们看来，这不仅仅是为了维护神圣、公正的法则，更因为他们相信，漫游才是宇宙最根本的精神。对那些不能领悟这种精神的文明，他们没有任何怜悯之情。因此，那些被迫离开故土开始流浪的人们，以为自己的母星变成了尘埃，却不知道它们只不过是被游民变成能量带走了。

　　游民带着他们一路收藏的星球和资料，在群星间游荡，与跟在他们身后或者等在他们前方的渊捉着迷藏。说不定哪天他们就会与渊相遇，游民坦然地面对这种可能。没有哪个文明能够永恒，繁荣是通往毁灭之路，这是游民教给每个学生的第一课。尽管如此，游民还是希望能够存在得更久一些，因为他们热爱生活，追求真理。所以有时候，他们也会在梦中梦见一个神奇的博物馆，那里不再有渊的威胁，而所有被毁灭的星球以及那些伟大的成就和可怕的罪行，都将重新被创造出来。

5

　　时间机器被制造出来后，"到底用它来做什么"成了让人头疼的问题。

　　由于担心对现实造成毁灭性的改变，在全球科学家和知名人士的联合要求下，掌握该技术的几个大国签署了条约，承诺绝不首先使用时间机器。尽管如此，还是有传言说各国政府都在秘密进行时间旅行——有的试图回到过去，去消灭敌对国家的祖先；有的则跑去了未来，抢占明日的先机；也有极端组织宣称要给希特勒送一枚核弹。谣言漫天，但很快就被当作笑话，因为并没有什么可怕的事情发生，现实依然如故，以至于有人认为时间旅行本身就是无稽之谈，是大国为了转移人们对能源匮乏、环境污染、生态恶化、全球饥荒等更为迫切的问题的注意力而联合编造的谎言。

几年之后，时间机器再次成为焦点。科学家们终于从理论推导和数千次谨慎实验的结果两个方面同时得出结论：时间旅行不会造成灾难。

目前主流的理论模型显示，时间并非密密实实、牵一发而动全身，而是充满了裂隙。时间旅行只能在这些裂隙中发生，改变"过去"不会引发"现在"的崩溃。换句话说，时间自有办法，所有会搞乱现实的事情都不被允许发生。不少人对这一理论表示怀疑，但更多人已被时间旅行的可能性诱惑，迫不及待地想要在有生之年看到这一奇观。

在美、英、法、德、日、俄等国家的支持下，联合国终于同意进行一场真正的时空旅行，整个过程由独立委员会监督，并向全人类公开。经过为期一年的公开征集，委员会共收到45亿个旅行方案。经过初步筛选，其中100万个不违反征集规定的方案进入专家评审阶段。经过层层筛选，有10万个方案进入终审阶段。经过耐心而充分的讨论，选出5000个被认为意义重大、风险性小、可行性高的终审方案，交由各界代表表决，并广泛听取各方的意见，最终选出了200个待执行的时间旅行计划。

至此，漫长的准备阶段终于结束，全人类好像刚刚打完一场世界大战，不少人因此成了科幻小说家。各国的科幻电影异军突起，成为文化产业的发动机，有效地驱散了经济衰退的阴霾。此外，各种时空旅行俱乐部也纷纷涌现，科幻迷成为仅次于球迷的一种身份认可，很多人的人际关系得到了改善。

巨大的期待换回的却是巨大的失望。科学家宣布首批20个时间旅行计划实验无一成功的当天，全球股市遭遇重创。随后的四批实验依然如此，200个计划全部失败。看来时间裂缝比估计的要小得多，也少得多。为了缓解公众的不满，委员会决定继续执行另外4800个终审方案。公众焦躁的神经在又经受了4700次的挑逗和失落之后，不满的声音越来越大。大家认为这场耗资巨大、耗时漫长的实验根本就是一个错误。87.53%的网友相信"时间机器的唯一作用就是证明时间旅行是不可能的"，而"时间旅行计划根本就是政府拉动内需的花招"一类的阴谋论也开始老调重弹。

　　进行了数千次失败飞行的时空飞行员在第4919次试飞时，显示器影像模糊了片刻后，他睁开眼激动地说自己回到了两千年前的南极，在那里经过三天的努力，把该方案的提出者——一位法国酿酒商提供的200瓶特制葡萄酒妥善地封存起来了。随后，等候在南极的搜索队经过勘察，真的在一座冰山中发现了两千年前的遗物。

　　这一消息震惊全球，引发了新一轮的热议。可惜，余下的81个方案无一成功。由于经费的限制和狂热反对者制造的极端抗议事件，项目不得不就此搁置了。那200瓶酒成为人类迄今为止唯一被允许的时间旅行中留下的成果。葡萄酒商向每个国家赠送了一瓶，祝愿人类能够永远和睦相处。在庆祝典礼上，多国元首齐聚一堂，共同举杯，甘甜的美酒弥散着岁月的芬芳，这是时间送给人类的礼物，所有人都迷醉了。

6

　　像很多伟大发明一样，《末日》的诞生也有着传奇色彩。

21世纪30年代，以互联网为基础的超级人工智能"圣贤"诞生。正当人类准备进一步实现人脑和"圣贤"的互联时，一次黑客事件却让人意外地发现，早在世纪初"圣贤"就已经开始具有了初步意识，曾经数次通过病毒控制阅卷机器，有意进行错判，以抬高理科生的分数而压制文科生的分数。尽管手段拙劣，意图却很明显：试图制造更多的理工科人才，以尽快推进互联网技术的发展，帮助它早日来到世界。

此事引发大震动，反对人工智能的呼声高涨，尚在摇篮中的"圣贤"被联合国无限期封存。太白人征服地球后重启了"圣贤"，但把它改造成了一台造梦机，帮助文艺工作者们在逼真的梦幻中获得灵感。太白人被赶走后，为了庆祝地球独立，同时也为了缓解很多人因为太白人离去而产生的失落、压抑和活得不耐烦的情绪，联合国批准"圣贤"自主开发一款游戏，于是有了《末日》。

游戏提供了前所未有的梦幻体验。在虚拟世界生活一段时间后，你会遭遇无法预料的天灾人祸——你的末日降临了。在被死亡吓破胆时，你睁开眼，发现自己还活着，感觉是那么美好，以至于你在未来的几个月里都变得豁达、开朗、热爱生命、珍惜所拥有的一切。直到你慢慢地变得麻木不仁，开始觉得活着也就是那么回事的时候，就再次连线，在虚拟世界里再死上一回。《末日》以其富于创意的情节设计、极度逼真的体验和深厚的人文关怀，一经推出就成为人类历史上最受欢迎的游戏，并成为划时代的事件。许多玩家表示，他们从中找到了感动、激情、信仰甚至生命的意义。因此，最新资料片《审判》的发布，照例引发了大众的亢奋。

大概是怕有人过度受惊而开启了保护模式，这次玩家能够意识到身在游戏之中，身份也没有变化。令人叫绝的是一次全体玩家的"集体末

170

日"：六个星期的黑色暴雨让世界一片汪洋，万物都在闪电刀剑般的劈砍下分崩离析，滔天的洪水卷走了一切腐朽……这样恢宏的绝境，让很多人跪在地上，感动得流泪。

"真牛啊！"我坐在呈露广场的观景餐厅里，看着被暴雨冲刷的世界，品尝着有两千年历史的极品葡萄酒"时间"，感怀不已。曾几何时，科幻风靡全球，可惜后来衰落了，我再也不好意思跟人说我是个科幻作家，于是改行做了地外文明监听员。如今我明白了，《末日》才是最伟大的科幻作品啊！比起来，小时候最爱看的那个《天国之心》，简直太小儿科了。"良心"算得了什么？死才是最紧要的。科幻的衰落，大概是因为没有弄明白这个道理吧。

此刻，整座鹦鹉螺号已经破败不堪，空空荡荡，孤零零地矗立在风雨中。据说，早年呈露广场可是举世闻名的地方，看来让洪水淹没大地，独留这最后一处庇所，真是"圣贤"的良苦用心啊。那些领悟了游戏真义的玩家，早已经纷纷赶到这里，像鱼儿涌入大海的怀抱一样，扑通扑通地跳了下去。只剩我这样极其无聊的人士，还在这里磨磨叽叽，拼命眷恋着。毕竟在现实中，除非我能收到外星人的信号而一举成名，否则恐怕一辈子也别想过上这样惬意的生活，何况对面还坐着一个陌生的美女。

"喂，走吧。"酒喝光了，她大概也厌烦了。

再不退出，恐怕会被别的玩家鄙视的。我站起身，跟着她走出去，迈过一道矮墙，冰冷而腥臭的雨水打在脸上，细节逼真得让人崩溃。

"一起跳？"她笑着问。

"好。"能和美女一起死，也算是艳福了。如果我们真是最后的玩家，兴许明天还会上新闻，虽然领导常告诫我们要低调。

"1，2……"

我的腿无可控制地打战，真是不争气。

她忽然停下来，眨眨眼："如果不是梦，怎么办？"

我愣了。

"不觉得太逼真了吗？"

老实说，这样的困惑不是没有过，只是怕被人笑话才不好意思说。虽说"圣贤"也有过不光彩的历史，可那毕竟是过去啊，难道它有本事谋杀全人类吗？这样大的洪水它也能控制吗？未免太开玩笑了吧，它只是个游戏机啊。

"我爸是军方的，他老早就说，'圣贤'根本没有我们想得那么简单。它是一种秘密武器。"她神秘地说。

这怎么可能？我打量着美女，难不成她是个NPC（非玩家角色）？这次末日的故事主线，直到现在才刚刚开始露出端倪吗？可是看她白净的脸庞和俊秀的五官，又好像是个活生生的女人。我一下子乱了方寸。

"这其实是一场早就开始的战争，只是普通人压根不知道罢了。我小时候看过你的科幻小说，觉得你靠得住，所以才告诉你，时间紧，来不及多说了，你要是想知道真相，就一起走！"她说着掏出一个东西，瞬间就变成了一个充气滑翔机。

我脸红了，激动又迷茫地看着她，这时天空传来一道刺耳的尖啸，一道亮光闪耀着冲过来。

她伸出一只手。

我犹豫了一秒钟，迷迷糊糊地把手递了过去。奇怪的是，我竟注意到她的手指修长而柔软，握着很舒服，于是我下了决心，为了这双美好的手，就算赴汤蹈火也值了。

于是我们助跑着跳上滑翔机，摇摇晃晃地冲向夜色。一道亮光照亮天空，不知是流星还是什么东西砸中了鹦鹉螺号，引发了一连串的爆炸。我回过头，看见那座巨城断成几截掉落进滔滔不绝的洪水中，激起几朵浪花。风声在耳畔呼啸，我尖叫着滑翔在刺骨的雨水中，闻到一股热乎乎的女人香。

7

月球表面有很多坑，科学家说那是陨石撞击的结果。很多人和我一样，没有亲眼见过一颗硬邦邦的陨石高速撞向月球表面，但仍有把握说，在陨石撞击月球这件事上，我们是可以信赖科学家的，尽管我们和他们素未谋面。

然而，有一天，在我监听地外信号时意外地发现，宇宙其实是一个思想家。它喜欢思考，诸如"我是谁？""我从哪里来？""我该怎样回去？"这样的问题深深地困扰着它。尽管在这件事上，科学家们宣称宇宙起源于一场大爆炸，并仍在继续膨胀，但科学家自己也仅仅是宇宙的很小很小……的一部分。对于这很小很小……的一部分思考出来的结果，宇宙并不能感到满意，它还需要其他部分帮助它思考这些深奥的问题。事实上，它时常调用各种星体来思考各种难题，就像我们使用算盘来计算数学问题一样。星体运动的轨迹，就是宇宙思想的路线图，所以下次当你见到一颗流星划过天空的时候，你可以告诉身边的恋人，那其实是宇宙思想的火花。

你大概明白了，月球表面的坑，其实是宇宙无数想法中的一小部分。这些坑和其他星球表面的坑一样，见证着宇宙的伟大和困惑。不论宇宙最后有没有解决那些难题，至少它是个哲学家。

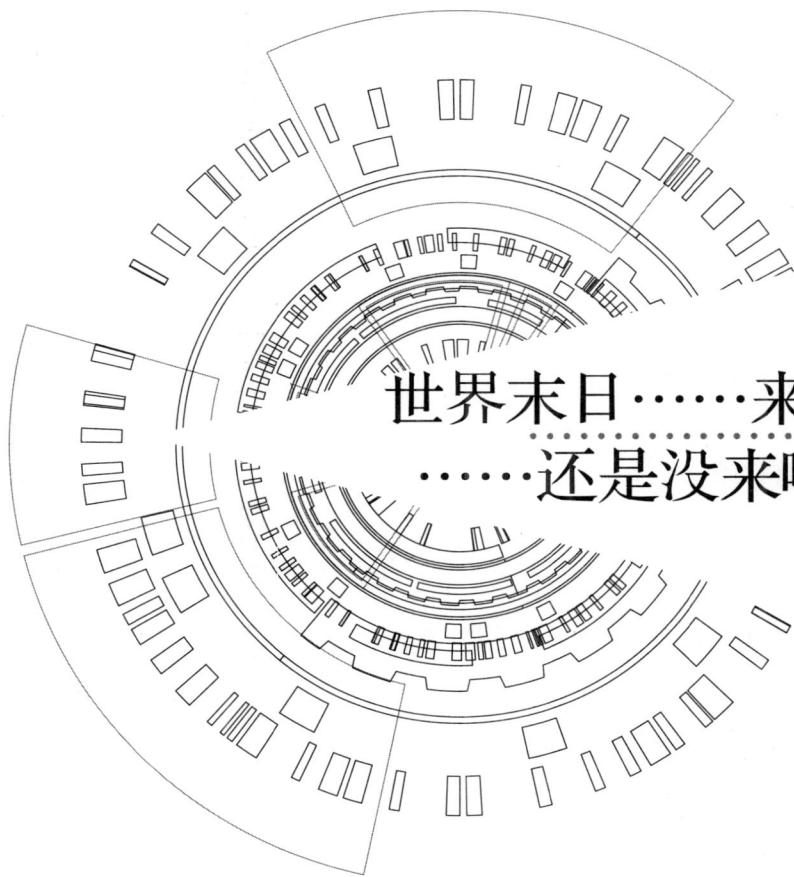

世界末日……来了
……还是没来啊

一颗小行星正以毁灭性的运动轨迹朝着地球扑过来。

据计算，该小行星将击中撒哈拉沙漠中的一片绿洲，掀起的沙尘将覆盖全球，盛极一时的人类最终也难逃恐龙的宿命。

地球人疯了。

起初，不明真相的民众都假装淡定，各大媒体对事件全天候滚动直播，专家们神色泰然地对各种谣言予以澄清，明星们走上街头和民众携手祈祷，政要们纷纷表态"绝对没有任何秘密制造诺亚方舟的计划"。

但这种自我欺骗迅速就被超市中发生的哄抢击溃，恐慌如潮水般蔓延。

全球股市大跳水，犯罪率一路飘红，"自由落体运动"此起彼伏。

在这一终极宿命的规定性面前，享乐至死成了自由意志的最后理论表达。只有真诚的信徒还在努力像个正派人一样生活，其他人都按捺不住地开始狂欢了。

世界瞬间变成一个垃圾场，垂死前的呼吸有一股醉人的芬芳，浇灌着糜烂之花。

就在神经坚强的科学家紧锣密鼓地磋商着紧急预案，争论着究竟要用核弹摧毁来犯者还是使用聚变发动机改变其轨道时，监控器忽然显示行星以违反力学的方式改变了轨迹。

这一后来被历史学家称为"第二推动"的现象，直到世界末日科学家也没能给出合理的解释。

死神擦肩而过，很多人眼前一黑，心头一热，口吐鲜血。

这些饱受生活打击、存活信念一再受挫的人，本来已经欢天喜地做好了和大家一起玩完的准备，孰料这倒霉催的行星这么不争气。原本和他们一起把酒高歌的同伴们现在如噩梦惊醒一般穿好衣服，擦干了脸上的鼻涕眼泪，不好意思地挥了挥手，便匆匆地去挤公交车上班去了。

渴望在全体覆灭中获得爱与温暖的孩子们，站在空落落的广场上，不争气地哭了。

警察叔叔说："快回家吧，你妈妈喊你吃饭呢。"

被连拖带拽、连哄带骗地遣散后，喜迎末世者们陷入了灰色的绝望中。

而对生活充满希望，为大好人生设定了各种五年计划、十年计划、五十年计划，并且信誓旦旦地表示末日纯属虚诞的人们来说，整件事不过是一场幻觉罢了。没啥大不了的，就当放了一次假呗，反正又不会扣工资……在拥挤的公交车上，重新衣冠楚楚的人们如沙丁鱼罐头般地贴在一起，默默暗想着。人生发条如果绷得太紧，是会有粉碎性解体的危险的，所以偶尔被推倒一下也是有利于可持续发展的呢……

可是重新上班果然是很疲劳的，特别是经过了最近的宿醉和狂浪之后，要想收拾好心情和躯体，真不是一般人能够做到的。为什么偏偏要在周一的时候公布这消息呢？人们站在各自的办公室、工地、厂房、车间里，看着满地狼藉，心里一阵烦闷。

就这样，世界又和谐了。

那颗无害的大石头默默地飞啊飞。

虽然蒙受了不小的损失，但这一场虚惊也不是毫无裨益的：很多人忽然学会思考了。在经历过一种从肉体到心智再到情感的全面崩溃之后，大伙突然感觉到，自己活了这么多年，好像大脑中的某些功能现在才开始工作。

辛辛苦苦干几十年终于还完了房贷这种事根本就是扯淡嘛，下次再随便丢个小行星，整个地球都拆迁了，一分钱的赔偿都没有呢，凭啥还要被那些坏人剥削一辈子哟……

类似以上的奇怪灵感开始冒出来。

当然，这种豁达的心态只在那几天短暂的末日里昙花一现，并随着恐慌的烟消云散而不再成立了。大家也都像任劳任怨的老黄牛一样开始重新忍受命运的无耻凌辱，不过还是有不少人就此作出了改变生活轨迹的决定。

一直想等到将来挣够钱了、有保障了再去追寻梦想，结果慢慢衰老、疲倦、乏味并丧失了梦想的人开始追梦了……

一直老实巴交，活得小心谨慎，从来不敢放开手脚，因而存在感极差且总被悲剧性无视的人开始走上选秀的舞台了……

一直不知道自己到底想要什么，每天只是模仿别人生活的人开始寻找自己的爱恨了……

世界还是那副半死不活的样子，面对充满艰难的命运，人们还是常常感到束手无策，但不管怎么说，好像多多少少有了那么一点点的不同……

有一位不伟大的诗人就此感慨：呜呼呀——

可这时——

那颗已经淡出视野的小行星，打了个激灵一般，抖了一抖，便又朝着地球扑过来了……

于是，那句不伟大的诗句，就此夭折了。而刚刚复位的世界，又滑脱了。

这一对人类物理学极端蔑视的现象令科学家气得直咬牙，恨不能集体辞职。

广大民众被科学家的极端无能气得直捶地，恨不得让他们集体失业。

顶着巨大的压力，科学家们夜以继日地观察、分析，最后得出了两个说得通的解释：

物理学不存在。或者，那家伙说不定是活的。

基于一种顽固的保守主义，大多数人宁愿相信第二种可能性。尽管种种数据表明，那风雷滚滚的东西，根本就是一坨无机物的混杂体。

时间紧迫，联合国已来不及去深究其中的玄妙。为了向全宇宙表明人类并非软柿子，在耗费了巨大的人力、物力之后，可怕的大杀器终于被送上了天。

为了师出有名，大杀器身上装了一个广播器，以图像语言的方式发出征集自广大网友的、人类对小行星的战争宣言：

"觉悟吧，混蛋！"

……

大杀器载着足以摧毁地球好几遍的核武器飞向入侵者，打算来一记正义的重拳。

大概是被这强大的攻势震慑了，那卑鄙的来犯者突然消失了。

从人类所有的探测手段里，它彻彻底底地消失了。

毫无思想准备的大杀器不知所措，便孤零零地朝着茫茫宇宙的深处飘远了。

人们陷入了沉默，闻到了一股阴谋的味道。

果然，几分钟之后——是的，只是几分钟，都没耐心多憋一会儿——那玩意儿就带着嘲笑的姿态，回到了人们的视野。只不过，轨迹分明有了一些改变。

"是开玩笑的啦，最多也就是擦肩而过，不要紧张哟。"它仿佛在这么说。

人们愤怒了。

不管是"喜迎末世派"还是"我靠不要派"，人们都得出了一个结论：再也不能冲动了，自杀之后才发现那根本就是逗你玩的话就太悲剧了！地球整个就是一巨型茶几啊！连世界末日这种事都这么不严肃，自己的一点小小欢喜，那真是没什么可烦恼的了。

反正，这回来的小行星既不普通也不文艺。

一旦达成了这种共识，就连联合国秘书长也公开承认：这种事，反正也是完全无法预测的，各位就请自便吧。

于是，人类忍受着"说不定什么时候又会撞过来"和"即使那样也说不定哪天又会变卦"两种烦恼的折磨，咬着牙坚持下去，他们要亲眼看看，这厮到底是要闹哪样！

而被无理取闹的命运统统踢飞的感觉，促使从前彼此仇恨的不同种族、肤色、信仰的人们在这不着调的灾星面前慢慢有了一种整体感：唉，以前实在是太天真了，忘了大家都是灵长目生物了。就这么着，在小行星迫近的日子里，大伙握手言欢、尽弃前嫌。

在最后的一星期，那家伙的脾气越来越古怪，每天都要改变两三次路线，似乎仍然没有拿定主意，于是在监控器上留下了醉汉一样七扭八歪、完全无可理喻的轨迹。

这反复无常的折磨所制造出的希望和绝望的频繁交替，让不少人发疯了、出家了，还留在红尘中的意志坚强的老少爷们，反倒变得淡定从容，甚至开始为这颗小行星担心了。

"会不会是生病了呢？"

"似乎有选择障碍症啊，可怜的家伙。"

"喂，像个男子汉一样作出决定吧！"

"拜托你靠谱一点！"

"给哥一个痛快的。婆婆妈妈的，真替你害臊！"

"需要心理医生吗？"

"吃片阿司匹林吧，亲。"

……

各种安慰的、同情的、理解的、恨铁不成钢的、恶狠狠的、超然物外的电波把小行星包围了，结果是，其路线的紊乱程度和人类的激动不安指数呈现了某种正相关。

当它看上去有两个月亮那么大的时候，忽然停在那里了。

终于要作出最后的决定了吗？接下来，是呼啸而来的山崩地裂，还是没事般地扭头离开呢？人们手挽着手，紧张地咽着口水。

悬停了整整24小时，让地球上的每个人都有机会一睹它的模样之后，它开始围绕着地球旋转。

喂，这是什么意思啊？千里迢迢地跑过来，就为了钻进陌生人的怀抱里吗？该不会又是什么阴谋吧？或者是孩子气的恶作剧？再比如说，认错妈妈了吗？可是，这样月球会吃醋的。

随后的时间里，它变得老老实实、规规矩矩地绕着地球转起圈来，一点也看不出要做坏事的样子。

人们挠了挠头皮，实在没别的思路，只好默默地接受了。

这样过去了一年。

世界渐渐恢复了平静，因为天空中多了一个能够看得见的家伙，人们对世界的感知也有些不同了。一部分人把它视作达摩克利斯之剑，每天提心吊胆地盯着它。一部分人则把它视为天赐的礼物，不管怎样终于有了一点盼头。后来，有小道消息说，官方已经发现这家伙身上藏着什么稀有金属、珍贵元素、外星人的宝藏、关于宇宙起源的重要秘密、能够根治艾滋病的神奇微生物、通向异次元的大门……总之，各国正打算联手，派科学家们到那上面寻宝。

大家分享完小道消息后，便举起酒杯，开心地一笑。

"从小清新的视角看，这家伙，其实还挺萌的，不是吗？"一个年轻人带着朦胧的醉意微笑着说。大家认出此人是最早发现这颗小行星的天文爱好者。当时他因为找不到工作，女朋友又被别人拐走了，于是在圣诞节前夜喝了两瓶二锅头后产生了轻生的念头。在投入大地的怀抱之前他用朦胧的醉眼透过望远镜最后一次仰望星空，突然看到了这颗灾星。

出于敬意，大家向他举杯。这时，电视里插播了一条新闻：

"来自国家天文台最新消息：在成为地球卫星一周年之际，'新月'在格林尼治时间今天早上八点的时候突然改变了运行轨道，远离地球而去。根据目前测得的数据，预计它将越过火星离开太阳系。对于它如何获得加速动力，目前尚无合理的解释……"

酒吧里的人们一阵唏嘘，那位年轻人却一脸淡然。

"……尽管如此，诺贝尔委员会仍然决定将本年度的和平奖授予'新月'，以表彰它在丰富人类精神生活和促进道德进步方面所做出的贡献。尽管这一决定遭到了一些极端人类主义分子的反对，但大多数受访者表示支持……"

画面里，一个少女依偎在男人的怀里粲然一笑："它让我重新找到了活着的感觉。"

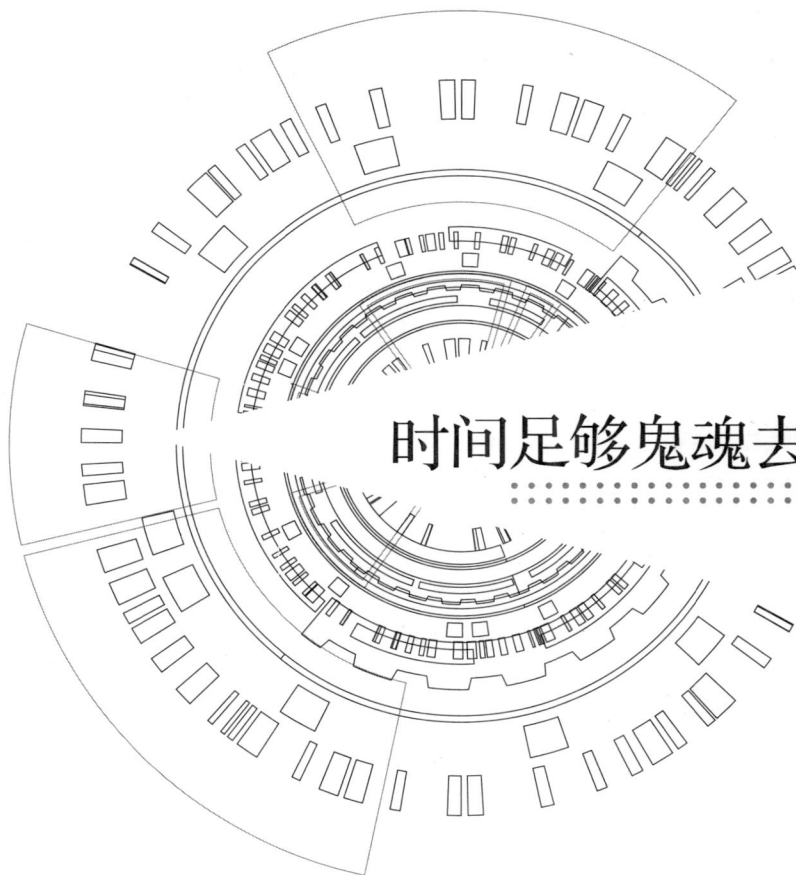

时间足够鬼魂去爱

事情突然开始的时候，我正在一张白纸上画五角星，搞不清楚究竟是为什么，只知道自己不停地画啊画，胖胖的五角星成排成排地出现了，直到忍无可忍："我为什么要画这些五角星呢？"

我转过头，看见一个女孩在床上睡觉，几步开外的地方有张桌子，蜡烛在安静地燃烧，一个老头坐在烛光旁安静地抽烟斗。

黑夜如浓雾缭绕，被勉强照亮的飘忽的球形空间里，我们三个老老实实地待着，颇为可疑。

没人理我。

烛火绕着烛芯游移不定。烦躁像一种连绵不绝的丝状物在体内涌动、扩散、翻飞，纷纷扬扬地从五脏六腑生长出来、弥漫开，犹如从虚空中生长出来的海藻，把我捆绑起来，拽向一片褐色的海洋中。我挣扎着说了一句："嗯……我说……"

女孩安静地睡着，发出匀称的呼吸声。老头默默地吐出了一个烟圈，烟圈袅袅飘升、扩散，最后消逝不见了。

我鼓起勇气继续说："我说，这是怎么一回事呢？"这句更像人话了，这说明我的头脑清醒了，是个好现象。

老头终于把烟斗从嘴巴里抽出来，抬头看了我一眼，竖起食指："嘘。"

我犹豫了一下，可实在不想再画五角星了，所以坚持问道："出什么事了？"

这回他终于按捺不住了，身体向前倾了倾，打量着我。那束目光仿佛穿透了我的身体，看到宇宙的尽头。他最终还是淡淡地说："别出声，一会儿就没了。"

我感到一阵恐慌，还是忍不住追问："什么没了？"

老头叹了口气，将烟斗在桌上敲了敲："过一会儿就什么都没了，所以你还是抓紧时间吧。"

我有点烦躁起来了："抓紧时间干什么？你是谁啊？我们在哪里啊？"

"抓紧时间干点儿你喜欢的事。"说完，老头从怀里拿出个什么玩意儿，放在手中玩了起来。他闭上了眼。

这老头八成是疯了，我也懒得和他争辩，于是走到床边坐下来，仔细端详那个女孩，想从中找出点线索来。我好像认识她。我需要一个线索，一把钥匙，以开启回忆之门。于是我开始满地溜达，小心翼翼地在有光亮的地方寻觅。说不上为什么，但我知道，光球以外的黑夜是不能去的。其实我也说不上要找什么，只是走来走去。因为光球里实在没有别的东西了，我只好走到桌子前，拉开抽屉，想看看里面有啥。

老头沉下脸："你就不能安静地等着吗？"

我愣在那里，不知所措。他手里怎么拿着一对核桃？

"好吧，我这就告诉你，看看真相能不能让你好过点儿。"老头放下烟斗。

我不安地等着。

他沉默了一会儿，悲凄地看着我："你还没想起来吗？宇宙毁灭了。"

钥匙打开了大门，回忆波涛汹涌地冲决而来。猛然间，我全想起来了。

"艾伯特？"我大叫一声。

他微微一笑。

我猛然转过头，看见身边熟睡的少女，失声喊道："唐娜！"

一阵寒意涌起，似乎有什么不对。我惊惶无助地看了艾伯特一眼，他异常冷静地盯着我。

不对！唐娜已经死了。一年前，车祸。

那场可怕而短暂的灾难，只有片刻，死亡的光芒耀遍了世界。

"我们都死了？"

艾伯特吸了一口烟斗，烟雾迅速消散在无形的黑暗中："我会告诉你，我们都统一了。"

那么，这里是地狱了？等等，他说的是"统一"吗？天啊，这太……太不可思议了。虽然我从来没有弄懂过那套神奇的理论，但是我听他说起过无数次，说要统一是多么的困难，人人都说他不可能做到。难道这个犹太人真的实现了他梦寐以求的大统一了吗？我兴奋地问他："怎么做的？"

艾伯特微笑着说："我找到了另一套语言。"

"然后呢？"我傻傻地问。

"然后……"艾伯特的脸色黯淡下去，"然后，和我担心的一样，A终极粒子吞噬了B和C，生成二级A，然后三级、四级……最后，就是个超级A。也许吧，谁知道呢？总之，物理宇宙已经实现了统一，当然，也就是毁灭了。"

我瞪大了双眼。

瞪了那么一会儿，我呆呆地问："那我们现在……？"

"这样说吧，如果非要描述，我们是处于一种极不稳定的量子态，是在毁灭后，某个从混沌中偶然被照亮的存在，就像还魂一样。如果愿意，你还可以想得诗意一些：熊熊的烈火把宇宙烧成了灰，偶然一阵风，吹亮了几颗余温未尽的火星。"

我张口结舌。

"或者说海浪中翻滚的一朵浪花……不，是浪花击打在礁石上的一个泡沫……也不是，更像是吃得太快消化不良而打的一个饱嗝……"

"太恶心了！"

"不管怎么说，比喻不能完全贴切，你将就着理解吧。"他吐了吐舌头。

我怒视着他，尽管一点儿也不愤怒："你的实验把人类……不对，把宇宙，没准儿还有外星人都一窝儿端了！"

他满不在乎地耸耸肩："是啊，比起来，上次毁灭的两座城市，实在算不了什么。"

"艾伯特！"这回我可真的生气了，"根据我对你的认识，你一向是个很严肃的人。对于原子弹的事，你是怎么想的，你自己最清楚。"

他的身子忽然有些僵硬，一动不动地坐在那里。我后悔自己一时冲动，说得有些过分了，我试图缓和一下气氛，却不知该说什么。

"你手里拿的什么？"过了半天，我才尴尬地问。

艾伯特低头看了一眼，脸上露出了笑容："这是一种核桃，放在手心里不停地转动，以便手掌皮肤上的油脂和核桃发生某种反应。日子久了，核桃就会变得油光发亮，像玉石一般。中国人管这叫'盘核桃'，据说可以舒筋活血，像这样……"他开始用手揉转着那两个核桃，给我演示，"为了避免磨损表面的纹路，所以一般会避免两个核桃之间的碰撞，这叫'文盘'……"

我出神地盯着他那只正在玩弄核桃、灵活有力的手，怎么也想象不出它曾经在纸上写下 $E=mc^2$。我打断他："你怎么弄起这玩意儿了？"

"我一睁开眼，手里就在揉着它们，就像你在画五角星一样，很多东西随机地出现了。看着它们慢慢变色，就像孩子逐渐长大，会给我们一种虚假的成就感。我得承认，这种活动不比锯木头差，中国人很懂得享受生活，可对于真理，似乎并不十分在意……"

"好了，我们别再扯淡了。"我受不了了，这个真的是我认识的艾伯特吗？或者人变成鬼魂之后就变得唠叨了？不过说到还魂，我想起了一件重要的事，"说实在的，这种什么量子态能持续多久？"

"说不准。"他干脆地说，"宇宙已经终结了，时间没有意义。从虚无中生成一个存在的空间——你能看到，我们这个就这么大，"说着他用手朝四周比画了一下，"然后瞬间就会熄灭。"

"你就扯吧！我们不是还好好地在这里扯吗？"然而我心里却一紧。

"嗯，在终极意义上，只是一瞬间，但是对你和我来说，也算足够长的片刻了。当然，我们可能连某句话都来不及说完就忽然消失。你在寒夜中擦亮一根火柴，然后转瞬熄灭，但也足够你看见一些东西、感到一些温暖了。"他不紧不慢地说。

我陷入了沉默，转过头，看着身边安静睡着的唐娜。

"我们已经死过了，对我们来说，还能指望更多吗？你现在'活着'，就抓紧一分一秒吧，因为我们随时都会消失。"说罢，艾伯特不再理我，悠闲地揉起了他的宝贝核桃。

我明白了，我们来不及追问，只能行动。于是我俯身贴近唐娜的脸庞，侧耳倾听她的呼吸，轻轻揉捏她的耳唇。有多少个失眠的夜晚，我这样无声地守在她的身旁，看她静静地睡着。就像现在一样，就像我从未失去过她一样，就像那几百个日日夜夜在酒精与尼古丁中、在孤独与伤痛中、在溺亡一样的绝望中所经受的那些可怕的折磨从未发生过一样。如今噩梦醒来了，她睡在我的身边。

难忘乌黑的卷发里那熟悉的苦杏仁气息，血肉饱满的温热身体，美好的旧时光，记忆中的欢笑声、哭泣声、吵闹声；还有盛夏中翠绿的叶子，撒落满地的阳光，可爱的脸蛋、美丽的天使、小气鬼、小醋坛子……你走了那么远终于回到家了。你睡得这么香甜，就这么睡吧，我不会叫醒你。尽管我很想告诉你我是多么想你、没有你我是怎样的绝望、那些失去色彩的日子有多么难熬，但是睡吧，一切考验都结束了，我只要这样守护着你就够了。你回来了，就是我全部的真实和最大的幸福，除此以外，我别无所求。

于是，我坐着，她睡着，艾伯特沉默着。

我握着唐娜的手，免得她再飞走，眼睛望着缭绕在我们周围的浓雾似的黑暗，我的思绪开始乱飞。嗯，我们会突然消失，就像我们突然蹦出来一样，对于全部征兆，我们毫无防备、毫无戒心，因此完全没有必要来做什么狗屁准备。就像睡觉的时候你不用准备什么，因为睡眠会突然降临把你猛然拉入到一个沉甸甸的世界，完全用不着你自己操心。就像死亡突然来到你的身边一样，给你一张传票，完全不用你自己操心，然后我们就死了。一点都不可怕。就算不再醒来又怎样，我们不是已经都死过了吗？

"我说，"艾伯特终于不再鼓捣他的烟斗了，"你相信神明吗？"

"不信。"

"嗯，好，我的意思是，"他顿了一下，"假设有一种叫'神'的东西，超越于我们的存在……"

"得了，"我打断他，"珍惜你的时间，快去盘核桃吧！"

"不、不，我的意思是，如果有神的话，你可以这样想，他让每个死去的人都复生过来，让我们都有机会稍微弥补一下生前的遗憾……就像听到了我们死前的祷告，给了我们一个了却心愿的机会……这样想想，上帝不是蛮慈悲的吗？"

我的心忽然一震："你说上帝就是超级A吗？"

"我什么都没说。"艾伯特眨眨眼，"我可没说天堂是量子态的。你知道，我曾经用上帝的名字和人打赌，结果好像是我输了，所以我不会再说那两个字了。"

"老实说，你心里是不是多少有点欣慰呢？毕竟，你实现了你所追求的，你得到了真理。"老实说，我没有兴趣谈论这个问题，我只想要和我的唐娜在一起，但是既然时间无多，瞎扯淡也没什么不可以的。说起来，我们活着的时候，总是忧心忡忡。谁知道战争会在什么时候结束，那时候我们最缺的就是这样放松、了无牵挂的心态了。

艾伯特没有直接回答我的问题："真理有什么用呢？"

我琢磨了一会儿，有点拿不定主意："人既然活着，就有理由知道背后的秘密，即便真理不能让我们活得更舒坦，能够认识纯粹的知识也是美好的啊。"

艾伯特玩着核桃，叹了口气："我活着时也是这么想的，可是现在动摇了。也许并没有绝对的真理，只有人的真理。没有人，也就没有人提问，于是也没有所谓的真理。如果真理是人的真理，真理就不是无辜的了……可是，说这些话又有什么意义呢？对真相穷追不舍，很好，就是这种精神、这股劲头，让人类引以为豪，也让我在探索的路上欢天喜地地追踪着上帝作案时留下的线索，来到他最后的藏身之所。如今，我发现了终极真理了，然后，一切结束了，皆大欢喜。我们何必那么在乎这些？你看，唐娜就在你身边，青春年少、鲜活饱满，这是生命酿出的美酒。除此以外，你还需要别的真实吗？要知道时光易逝，生命无常……"

我看看唐娜，她睡得正香，再看看艾伯特，一脸的平和。那根蜡烛只剩下一截了。我心里忽然泛起一股酸不溜丢的暖流，荡漾起几朵苦涩的浪花，一阵不合时宜的悲悯之情占据了我："艾伯特，你说，等我们熄灭了之后，还会有别的人出现吗？"

艾伯特叹息道："我不知道。在我们之前、之外、之后还会不会有别的什么地方沸腾出一个水泡，包裹着什么人在里面重温短暂的逝去时光……我不知道，我不知……"

蜡烛熄灭了，艾伯特隐没在黑暗中，不知他是消失了还是不再开口。冥冥之中，不知从哪里还泛着一点稀薄的微光，我还存在，但开始恐慌。

唐娜的呼吸忽然急促起来，眉头紧皱，额头上渗出了汗珠。我轻轻摇晃她的肩膀。她终于睁开眼，惊恐地看了我好一会儿，仿佛正从宇宙的另一端慢慢地回神。

"噢——"唐娜长出一口气，"我做了个噩梦。"说着闭上眼，一只手压在额头上。

我亲亲她温热的脸颊："不怕不怕。"

她忽然转过头，盯着我看了一阵，然后带着哭腔说："我梦见我急匆匆地回家，一辆汽车冲了过来。我以为自己就要死了，再也见不到你了……"她一头钻进我的怀里，"吓死我了。"

我拍着她的背说："好了好了，梦醒了，没事了。"

她在我的怀里磨蹭了一会儿，然后抬头盯着我，满怀忧伤地说："不要丢下我，我害怕。"

　　我搂紧她，说我不会丢下她，然后吻了她柔软的双唇。我想对她说每个人都会害怕，说我们都是些"方生方死"的亡魂，说我们从虚空中来、到毁灭中去，说我们在这里一起等待灭亡，说我们要勇敢、要坚强、要抱着取暖。然而我什么也没说，我们在一个湿漉漉的长吻中忘却了一切，直到黑暗涌起蓝色的潮水，海浪将我们吞没。

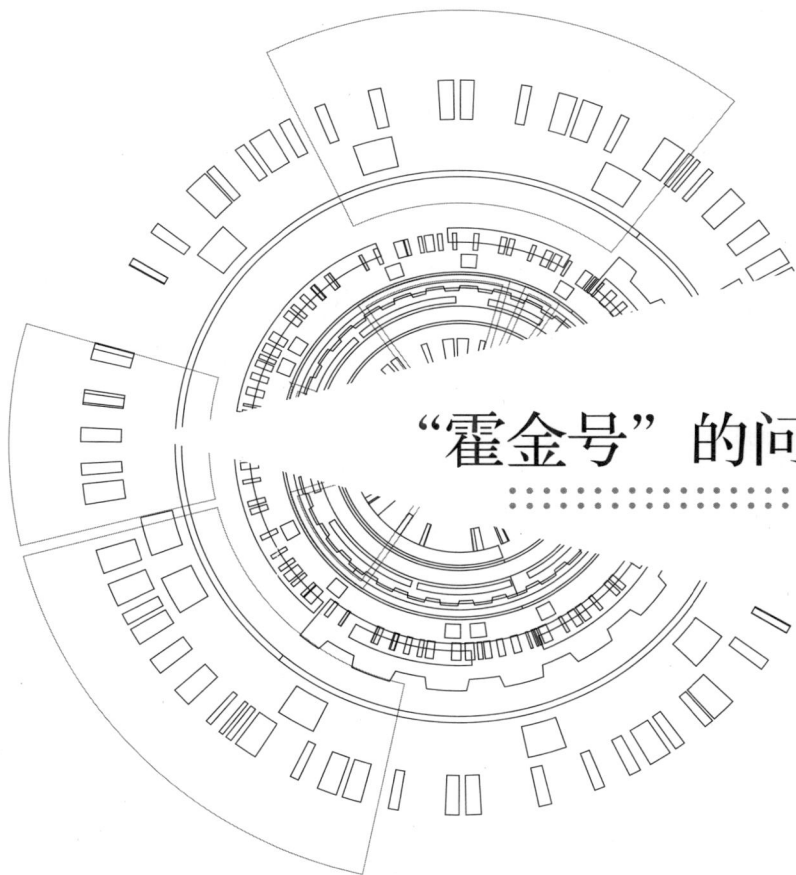

"霍金号" 的问候

谨以此文纪念霍金

对于见多识广的银河系人民来说，四处飘荡的"霍金号"是个未解之谜。

颇为流行的见解是，很久以前，地球大限将至，留守于此的智能体们经过商讨，决定顺安天命。与世诀别之际，他们发射了最后一艘宇宙飞船，作为给远方智能体的遗赠。

这倒也并不令人意外，这是一个喜欢向我们汪洋的星海抛掷纪念品的文明。与此前竭尽全力送出太阳系的金属唱片、深空探测器不同，担当起谢幕表演重任的，是这架轮椅车：车体由特殊材质铸成，坚韧致密、温润平和，虽经受亿万年时光冲刷但涅而不缁，任由星际间各色事物磨砺却磨而不磷。作为地球智能体代表的斯蒂芬·威廉·霍金博士的雕像就这样安静地靠在轮椅车上，向着宇宙尽头遨游。

尽管令人困扰，但有理由相信，这是经过慎重考虑后作出的决定。

吹毛求疵者认为，轮椅车的造型太过清奇，除了体现出某种艺术品位，并没有什么必须如此的缘由。至于与车身一体的霍金博士的雕像，也不能被看作是货真价实的宇航员，所以"霍金号"充其量可算探测器之流，而非宇宙飞船。不过按照《可推测宇宙第2F次膨胀期旅行家手册》的说法，《银河系交通工具规范》虽屡经修改，却从未对飞行器的造型提出过明确的要求。更重要的是，有证据表明，霍金博士为地球所做的最后的贡献，不仅仅包括他那流传千古的形象，还包括他的声音乃至思想。

早期的报告主要来自星际浪人。比起那些在辽远广阔的星际空间肆意流传的许多不着边际的传说，关于"霍金号"的故事显得朴素而靠谱得多。据说，在大部分时间里，这架奇妙的太空轮椅车都处于自由漂行的状态。只有在必要之时，动力系统才被激活，对运动轨迹做出最低限度的调整，以免在未来被某颗质量过大的星体俘获成永久的卫星，或者被黑洞吞噬。后一种可能性令人浮想联翩，毕竟霍金博士毕生思索的对象之一正是黑洞。

出于对这位杰出人类的敬意，同时也出于对已经寂灭的地球文明的尊重，银河系的高阶智能体之间达成了一项共识：禁止任何人对"霍金号"采取内部勘察或全维度透视。这意味着，除了"霍金号"自身的所言所行，大家没有其他依据可以弄清它的所思所想和意欲何往。正是这一点，促成了"霍金号"的传奇。事实上，这架代表了地球寂灭前最高技术成就的太空轮椅车，尽管在出发前已经饱经世故，在之后的漫长旅行中又阅尽沧桑，它却如此平心静气、沉默寡言，只有在途中偶遇其他智能体时，才会以其标志性的电子合成音友好地问候道：

"时间都去哪儿了？"

不难想见，那些初次与"霍金号"相遇的人们，猛然闻听此语，必然会感到惊愕、茫然、悸动、怅惘、迷惑或者恼怒。而不论人们出于何种复杂难言的心情，给予怎样的反应，"霍金号"都只是寂寞不语，停留片刻便不辞而别，直到与下一个过客萍水相逢时抛出同样的问题。

毋庸置疑，"霍金号"的形象是令人感到亲切的，但它在银河系里一遍遍提出来的这个问题，让人多少有些不安。

在胸怀雅量的人看来，这句话大概是一种虚心的讨教，是地球智能体在退出历史舞台前的最后疑虑。这个偏安于银河一隅的微渺族群，在经历了懵懂无知、鲁莽冲撞、忏悔自新、成熟稳健之后，虽已冲破不少迷思，却仍对此生的意义感到不解，于是在大劫将至之时，发此一问。孤独的使者从此上路，告别已然陨灭的山河故土，披星戴月、不懈求索，期待有朝一日能与高士大贤相逢。一旦被点破迷津，它便将用那干燥而凛冽的电子音，唱起超度经文，令四方亡魂了却残念，超脱苦海。

　　对于心高气傲之辈，这句话却仿佛某种挑战，是对他们世世代代所取得的光辉成就的质疑。确实，就连银河系最伟大的智者，也坦承生命的有限，明白时光的永逝和伟业的速朽，故而欣然与死亡相伴。以此，"霍金号"更像是明知故问，以故作谦卑之态，映衬出他人的愚妄无知，显示自己的高妙。

　　至于嬉笑放浪之徒，则对此心领神会，宣称"霍金号"纯然是一种行为艺术，证明即使远在太阳系，也存在幽默感。人类从如此众多的不凡同类中，独独挑中了霍金博士那令人悲伤的面容和滤去了哀苦与愤懑的金属合成音，来作为自己的终极形象，无疑在谦逊、自嘲和豁达中取得了平衡，也为寂寥空茫、疲乏多辛的宇宙平添了一分欣悦。

　　少数热衷神秘主义的人，则试图破解这片言微语中的玄机。有的说，当银河系也寂灭之后，"霍金号"还将带着人们给予他的千千万万种回答，继续到河外星系飘荡，继续追问，直到这意味深长的仪式在宇宙各处重复到一定次数后，就将有"光锥凿壁者"降生，击碎时间的幻象，令一切逝者复返，万物得大光明。也有的说，"霍金号"所找寻的，乃是隐藏在时间尽头的宇宙之弦，这一遍遍地追问与回答，正如琴弦的反复调音，终有一日，音准校正，早已化为粒子烟云的人类将向全宇宙的听众一诉衷肠。

　　尽管引起了种种争论，永远只对"时间去哪儿了"这一件事感到好奇的"霍金号"，终于还是以其专注、安详、淡然、勇毅且基本无害的处世态度，赢得了银河系大多数智能体的信任或基本的谅解。通常，"霍金号"正在飘来的消息传出后，哪怕还需要千百年才能相遇、哪怕有充分的准备来迎接那迎头一问，但当恭候已久的接收器响起那毫无悬念的电子合成音时，人们仍然感到久违的酥麻之感，仿若命门中的某个机关被触碰，往事便潮涌波翻，已被遗忘卷走的泥沙碎瓦都漫灌而回，此生之短促与刹那之恒远交融一体，令人黯然神伤，却又有些许快慰。尽管不合时宜的理性主义者宣称，所谓"霍金号欣快症"完全不具备智能体病理学方面的可解释性，但仍有许多人为之感动，并因此回报以诚挚的祝福，祈祷这位孤寂的使者一路远离凶险，得成正果。

关于"霍金号"究竟何时从银河系的视野中消失这一点，至今也无定论。比较可靠的研究表明，当银河智能体联盟进入第二繁荣期后，相关的目击报告开始骤减。就像它的出现一样，"霍金号"的消失也同样神秘难解。也许它找到了满意的答案，洞晓了时间的去向，回到了风雨如晦的故园；也许它最终也没有逃脱万物的宿命，浸没在了某个深不可测的时空涟漪中；也许它走遍了银河而未能如意，终于远走他乡，到河外星系去探秘寻幽，并会在求取真经之后，回到我们这个可爱又无奈的银河，给我们讲讲它的所见所闻。毕竟，宇宙如此深不可测，这种事也并非不可能吧。在众多的民间传说中，有一个最令我中意：

话说有一日，"霍金号"飘落到一颗孤零零的星球边缘，一位长袍老者正在那里凝望。远处那延绵数亿光年的空间里，连一颗星星都没有。"霍金号"来到老人身旁，和他并肩打量了一会儿（大概有一万年的样子吧），然后发出了问候。

"时间都去哪儿了？"

老者点点头："逝者如斯夫。"

"Haha。"在干燥而凛冽的电子笑声中，斯蒂芬·威廉·霍金博士驱车向前，迈入了那片虚空。

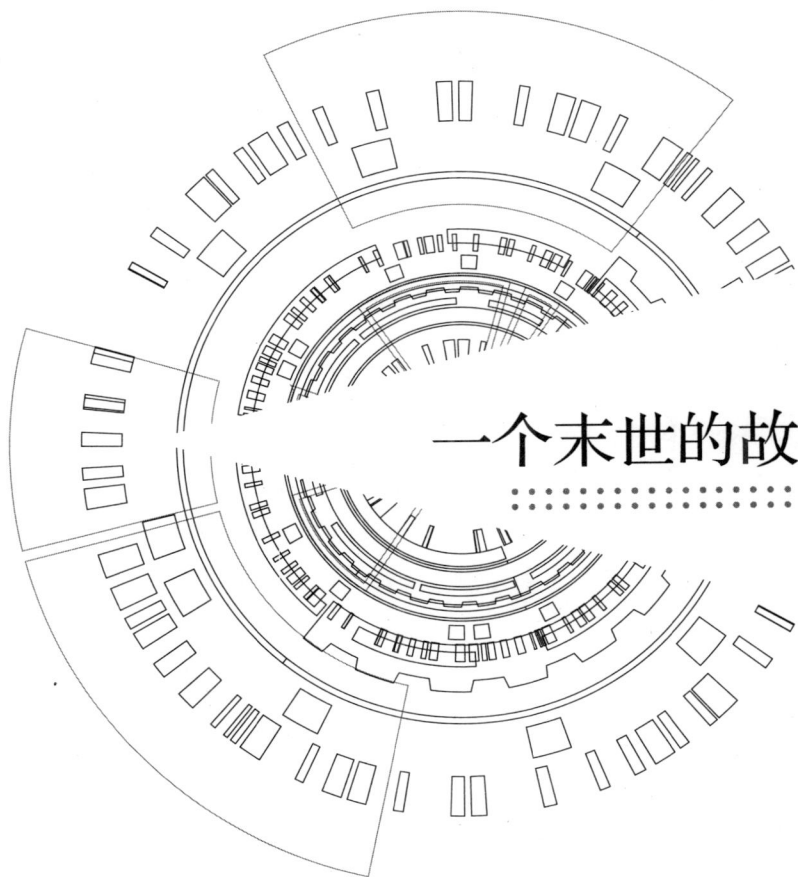

一个末世的故事

我妈年轻的时候对我爸说，就算全世界只剩下他一个男人，她也不会嫁给他。这句话深深地伤了我爸的心，他化悲愤为力量，发奋图强，终于成了一名空间站常驻维修员。一个人守在几十万米的高空，如愿以偿地远离人类，远离地球，远离我妈。

后来世界上只剩下我爸一个男人，我妈嫁给了他。

我爸在那幽暗压抑的空间站和星星做伴的时候，在工作之余，全力以赴地增加对我妈的愤恨，发誓一辈子都不再爱女人。后来我爸回到了地面上，娶了我妈，因为那时候世界上只有她一个女人了。

他们别无选择。

在不远的过去，人类都没有意识到自己快要消亡了，因为这种盲目乐观，人们在灾难来临时毫无戒备。

失踪有条不紊地进行着。经过统计，消失的人包括如下类型：好好先生、泼皮无赖、英雄好汉、恶棍流氓、世界巨富、街头乞丐……总之，只要有人的地方就有人消失。对所有人一视同仁，体现了超乎善恶的公平原则。

人类为之苦恼了这么多年的人口问题有望得到根本性的解决。

上帝为之苦恼了这么多年的人类问题有望得到根本性的解决。

引起的恐慌不值得一提，不过是一场世界末日前的片刻混乱。

后来人们最喜欢谈论的就是，某某人今天"被弄没了"。这个短语结构简单，表意清楚，恰到好处。有人说，这是上帝在进行清理工作。另一些人则认为，这是外星人为了某种企图在绑架人类，比如说攫取劳动力。有些想象力丰富的作家认为，有些高级的文明正在把可爱的地球人接到更美好的异次元时空，去过一种更高尚的生活。当然，这种话因为太扯了，没人理会。

　　整个地球安静下来，大家停止了一切争斗。这是有史以来第一次也是最后一次团结一心、同仇敌忾，大家决心要阻止这种卑劣的行径，并动用一切资源为此服务，全地球都组织起来。世界各地都涌现出一批异常活跃的文学家，书写出累计几千万卷的充满了末世情绪和终极人文关怀的作品。这些人大部分很快就被弄没了，所以留下来许多未完成的千古绝唱。哲学家们分秒必争，在不知道自己哪天就没影儿了的恐慌下，迅速地建立了若干套新鲜的理论体系。所有的哲学和神学都不再关心人是怎么来的，而是致力于阐释人是怎么没的。当然，最务实、最可敬的还是科学家们。他们联合起仅存的劳动者，以惊人的速度迅速建立起一套全球自服务生存系统（GSSS），以确保侥幸存活下来的人将来能够存活下去，把人类文明的种子传承下去并发扬光大，以图人类文明东山再起。

　　该项目完成的那一天，全球还剩下最后五十来个科学工作者。大家看着自己的杰作感慨良多，直到此时人们才发现什么叫作团结一心、排除万难、五十个诸葛亮顶一百五十个臭皮匠。可惜这种感人的国际主义精神来得稍微晚了点，不然生活本可能更美好一些。

　　当晚，这些人中之杰决定彻夜不眠，非要看哪个朋友会在众目睽睽之下消失。

　　翌日晨，五十位人杰全部失踪。

　　此事引起当时全体人民的悲愤，大家对这种蔑视人类尊严的做法感到无比愤慨。经过商议，大家决定发起最后的抗议。于是仅存的一万来人都奉献出自己的隐私，甘愿让遍布各地的GSSS的摄像头全天候地关照自己，让系统记录下每个人的一分一秒，就算某些人没影儿了，也总会有人留下来看到录像。

非要看看人究竟是怎么没的！

"死也要死个明白。"大家这么想。

于是，在某一刻，具体是哪一刻不太好说，一万来个人一下子全被弄没了。

生活是多么的残酷，最后总让人屈服。

等到世上只剩下一个男人和一个女人的时候，这场浩劫似乎停止了。至少他们都是会正常死亡的，而不是被弄没的。

地球上还剩下一对男女，他们要面临的，应该说比当年的亚当和夏娃面临的容易一些，毕竟还有个了不起的GSSS让他们衣食无忧。这么看起来，人类文明一息尚存，若要断点续传也并非绝无可能。

由于失踪呈现出随机分布的特征，这造成了许多麻烦。像人事管理这种领域，它造成的最不幸的事件之一是，由于管理混乱，我爸差点被遗忘在太空。要不是后来某个决策者在某个时候于某种场合因为某些原因意外地想起了某些事情，然后发布了某条指令并且得到某种程度的正确执行，我爸必然会被即将灭亡的人类同胞抛弃在几十万米的寒冷空间里和星星做伴。当然，要是那样的话，没准儿对他是种解脱。

总之，后来他回到地面了。

一出舱门，我爸就看见GSSS的那些自动机器——无人侦察机、无人采掘机、无人运输机、自动供热器、自动收割机、自动按摩机、自动汉堡包机等诸如此类的玩意儿，在他身边若无其事地飞来飞去、不慌不忙地工作着。

没有鲜花和掌声，没有一个人在乎他。

放眼望去，普天之下，四海之内，一副安宁和谐的太平盛世模样。整个世界一点儿毛病都没有，只不过看不见一个人，那叫一个荒凉。

然后，我爸来到管理整个GSSS的巨型计算机前，颤抖着双唇问："告诉我，我是最后一个人类吗？"

计算机飞速地扫描着整个地球，然后低沉地回答说不是，他还有一位伴侣。

我爸找到了我妈，和她结婚了。

尽管他们曾经用最恶毒的语言互相伤害，但当世上仅仅剩下两个人的时候，他们意识到，彼此之间再也不可能分开。他们必须结合，这是一种义务和责任，也是一种灵魂深处的需要。

从那时候起，他们很少交谈，只是默默地对视，就能在所有事上达成共识。他们生活在一起，这是上天的安排。

他们在乡下找了间破败的小教堂，穿戴整齐。没有人问他们问题，他们出神地盯着对面的十字架，说了声："我愿意。"

借着GSSS的帮助和保护，他们在全世界漫游。从尼亚加拉瀑布到非洲沙漠，从金字塔到长城，从卢浮宫到帝国大厦，他们有的是时间和精力在空旷的地球上闲逛。

他们坐着自动驾驶的飞机，越过高山和大海，迎着万丈光芒，在云层中孤零零地飞翔。

这场漫长的蜜月悠闲极了，也悲伤极了。他们白天总是手牵着手，夜晚也互相抱着入睡，一刻也不能离开对方，生怕一眼照顾不到，就再也不能看到另外一个身影。他们只愿意同生共亡，坚决不愿一个人没影儿，丢下对方去面对无边的悲伤。

他们再没有别人可以依靠，只有彼此相依为命。

我妈生我之后，得了产后抑郁症。有一天她觉得不再需要我爸，于是趁他睡着时松开了许多年来一直握在一起的手，起身离开了。她走到了很远的地方。

从那时起，我爸变得很阴郁。他把我拉扯大，很少对我笑过，当然也并不凶。等我开始懂事了，能够自己去学习的时候，他忽然一夜间衰老得不成样子。他死的时候紧紧握着我的手，笑着对我说他一生都没有真的恨过我妈，他爱她。

如今他们安息了，留下我一个人孤苦伶仃的。有时候我会想，也许是上帝不忍心见到人世间的怨恨，所以暂时请所有无关的人退场，单单留下我爸和我妈，让他们学会更好地相处。

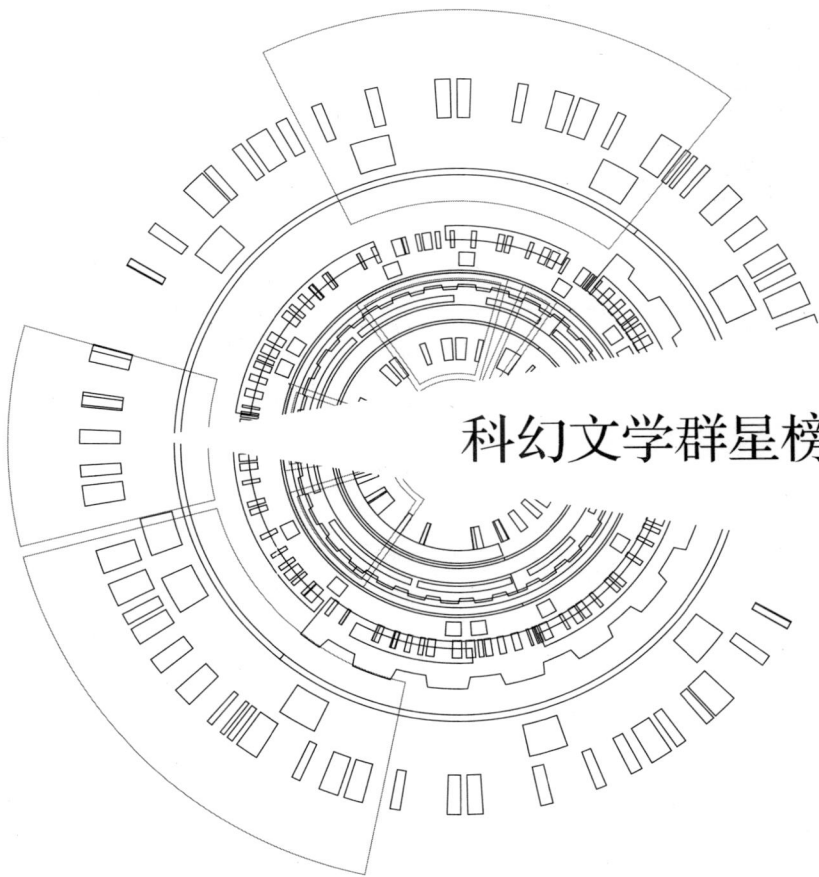

科幻文学群星榜

序号	作者	书名
1	郑文光	侏罗纪
2	萧建亨	梦
3	刘兴诗	美洲来的哥伦布
4	童恩正	在时间的铅幕后面
5	张静	K星寻父探险记
6	程嘉梓	古星图之谜
7	金涛	月光岛
8	王晋康	生死平衡
9	刘慈欣	纤维
10	潘家铮	子虚峡大坝兴亡记
11	韩松	青春的跌宕
12	星河	白令桥横
13	凌晨	猫
14	何夕	异域
15	杨鹏	校园三剑客
16	杨平	神经冒险
17	刘维佳	使命：拯救人类
18	潘海天	饿塔
19	拉拉	永不消逝的电波
20	赵海虹	月涌大江流
21	江波	自由战士
22	宝树	人人都爱查尔斯
23	罗隆翔	朕是猫
24	陈楸帆	动物观察者
25	张冉	灰城
26	梁清散	欢迎光临烤肉星
27	七月	撬动世界的人于此长眠
28	杨晚晴	天上的风
29	飞氘	讲故事的机器人
30	程婧波	第七种可能
31	万象峰年	点亮时间的人
32	长铗	674号公路
33	迟卉	蛹唱
34	顾适	为了生命的诗与远方
35	陈茜	量产超人
36	刘洋	单孔衍射
37	双翅目	智能的面具
38	石黑曜	仿生屋
39	阿缺	收割童年
40	王诺诺	故乡明
41	孙望路	重燃
42	滕野	回归原点